"小市民"系列②

夏季限定热带水果芭菲事件

KAKI GENTEI TOROPIKARU PAFE JIKEN

[日]米泽穗信——著
王兰——译

新 星 出 版 社 NEW STAR PRESS

目录

序章

如棉花糖一般

空气中弥漫着一股烤肉酱的香气，如果只是这样，其实还挺诱人的。然而烤肉味中掺杂着酱油和食用油的味道，还有一丝白砂糖融化后的甜香。当所有的味道混在一起之后，真的很难闻。今天有夏日祭典，全市最热闹的街道从傍晚时分就开始实行交通管制。马路两边的摊位挂着花里胡哨的布帘，游人摩肩接踵，将整条街挤得水泄不通。在喧嚣的人潮和闷热的环境里，我独自气定神闲地散着步。

我就读的船户高中现在正处于期末备考阶段，学校还特意发了通知，要求我们“现阶段应专注于学业”“不要受夏日祭典等外部活动的影响”“不得无故在外逗留”。

对于一心一意要当小市民的我——小鸠常悟朗来说，应该如何理解学校的禁令呢?

如果你认为“既然校方都已经下了禁令，作为小市民当然不能违反规定”，那你就太幼稚了！真正的小市民，会秉持着“规定是用来打破的”的原则，偷偷摸摸去逛一逛夏日祭典。当然，一旦遇到老师或是辅导员，就要马上不动声色地藏起来。因此，为了成为一名像样的小市民，此时此刻我自然是在逛夜市了。

然而，不幸的是，满大街的东西竟然没有一样能勾起我的购买欲。虽然标准的小市民是不会被夏日祭典的热闹氛围冲昏头脑，因此大手大脚地买下一堆根本不需要的东西的。可问题是，就算是物美价廉的东西，也无法令我提起一点儿食欲或是购买欲。瞧那章鱼烧，想吃的话还不如去车站前面小巷子里的那家店，那里的更便宜更好吃呢……结果，我就只能乘兴而来，败兴而归，看着周围热热闹闹的景象也无动于衷。算了，就当自己只是跑来呼吸一下夏日祭典夜晚的空气好了，呼吸一下这混着烤肉酱、酱油、食用油和白糖的气息——五味杂陈的空气。

一阵和煦的微风吹过，风中的热气并非源自路边摊上的铁板烧，而是因为夏季已至。夏日祭典上人潮汹涌，只怕也是因为今晚难得清风习习，月色迷人吧。

转眼已到七月，上学期的期末考试即将来临。而我的成绩，严格来说属于中等偏上，但是就算自己多自满，也只是比上不足比下有余而已。其实用不着辅导员提醒，我也明白现在不是贪玩的时候。一般的高中生在老老实实地过完高一后，到了高二就不得不开始面临抉择未来出路的现实压力了……不过，我并没有那种火烧眉毛的紧张感。夏日祭典也逛得差不多了，我该按照小市民的惯常做法，收起心思，在考前熬一下夜，好好复习一下了。

“咦？这不是……”

在烤鱿鱼的摊子前，我发现了一张熟悉的面孔，是高一开始就跟我同班的一位同学。他不拘小节，很容易就能和别人打成一片，所以在学校的时候，我们也时常会聊上几句。他今晚还特地弄了一下发型，显然是经过一番精心打扮的样子。他的衬衫上印着一串字母，我仔细一瞧发现好像并不是英语，完全看不懂。他自己应该也不会读吧，我心想。万一是德语之类繁复多变的语言该怎么办啊？最好没人能看懂，不然可就……我一边看着在买鱿鱼须的他，一边自己瞎琢磨着。结果，他一扭头，我们的视线正好对上了。

以我们之间相隔的距离，他应该听不见我的声音，不过我还是举起一只手，简单地说了声“嗨”，打了个招呼。

对方也做了同样的回应。然而，我们的交流仅限于此。我没有过多地寒暄，而是迈开步子继续往前走。这倒不是因为我看到有个班上的女生亲密地站在他身旁而有所顾虑，只是我和他心里都有数，我们之间的交情还没好到出了校门还能称兄道弟的地步。

然而，这并不表示我们对人冷漠。对于我们这样的高中生而言，校内校外完全是不同的世界。人际关系也好，穿着打扮也好，甚至连个性，在校内校外都是截然不同的样子。到了校外，我们就完全像变了一个人似的。这种差异，可能比在家里和在外面的差别还大。

其实，一路上我已经遇到好几个熟人。有的是船户高中的同学，有的是之前我还是鹰羽中学那个令人头疼的中学生时认识的人。不管是谁，我顶多只是点点头打个招呼，或者干脆就假装没看见。与人保持一定距离，是小市民的基本素养，应该说这就是最基本的社交礼仪和社会常识。

在学校，我并不是形单影只连个朋友都没有的人，但是走出校门之后，就只有一个还能说得上话的同学。

他是堂岛健吾。这家伙长得人高马大，孔武有力，为人仗义且乐于助人。刚上高中的时候，只有他的脸是四四方方的，现在过了一年，他身上的肌肉变得越来越结实，感觉体型都变得四四方方了。不过，我跟他倒也不能算是特别要好。相反地，其实我是刻意和他保持距离的。但是很遗憾，健吾这人根本不会看人脸色，完全不明白别人在校内校外判若两人是怎么回事。

不过，在这人山人海的夏日祭典上，应该不会那么巧遇到他吧。正当我打算买点鸡蛋仔（**注：香港的传统街头小食**）或是糖炒栗子就打道回府的时候，突然有人从背后抓住了我的衣领。

脖子被猛然勒紧，我的喉咙“咕”一声发出了像青蛙一样的叫声。什么情况？不会这么倒霉遇上流氓了吧。我转过头一看——

“咦？”

是一只小狐狸。

一个身高刚到我肩头的小朋友，戴着白底红纹的狐狸面具抬起头来看着我。面具上的小狐狸，鼻尖长长的，脸颊两边各画着三根黑色的胡须。

虽说夏日祭典上有好几家卖面具的摊贩，可是这个面具的质感和那些地摊上卖的塑胶货色简直有着云泥之别。一看就是纯实木的高级玩意……等等，这是怎么回事？

戴着狐狸面具的，是一位身着浴衣的小女孩。她那淡粉色的裙边上，印着镶金边的白色牵牛花图案。她那从浴衣袖子里伸出来的右手，紧紧地攥着我的衣领，左手则自然地垂在腿边。我在心中啧啧称奇：这个面具竟然不用手举着就能挡住脸，难道是用什么绳扣之类的东西系在脸上的？就算是在百无禁忌且可以随心所欲的夏日祭典上，这身打扮再加上这样的狐狸面具，也实在是太过诡异了。

真没想到，在熙熙攘攘的夏日祭典上，居然冒出稻荷大神的狐狸使者。不知道，狐狸大人找我这个微不足道的高中生有何贵干呢?

她紧抓着我的衣领不肯松手，我拨开她的手弯下腰，令我们的视线平齐，问道：

“小妹妹，怎么了？是和妈妈走散了吗？”

话音未落，我的小腿处就感觉到一阵剧烈的疼痛。小姑娘的和服打扮特别讲究，就连脚上穿的都不是普通的人字拖，而是鞋跟很高的黑漆木屐。我的小腿被她那既重又硬的木屐一踹，还被鞋跟的边角磕到，疼得我顿时差点背过气去，眼泪都快流出来了。

我完全顾不上形象，抱起脚单腿蹦了好几下，忍无可忍地向她大声抗议：

“你也踢得太用力了吧！小佐内同学！”

穿着浴衣的女生，用双手捧起狐狸面具，慢慢摘下来，露出乌黑亮丽的齐肩妹妹头。“妹妹头”的叫法比较老土，我把她的发型叫作“波波头”。她那细长的眼睛里，有一对没有被凡尘琐事所侵染过的眸子，再加上小巧的嘴巴，完全就是一张童颜。她浑身上下都透着一股孩子气，配上这样的发型，就宛如一个可爱的日本娃娃。我的身高在男生里并不算高挑，可她顶多才到我的肩膀。在别人看来，一定以为她是跟着亲戚家的大哥哥来逛夏日祭典的小学生。

其实，这家伙和我一样，已经高二了。她的名字是小佐内由纪。

从初三的那年夏天开始，小佐内和我走到了一起……当然，很可能她已经长高了一点，只是我还没留意到而已。如果你要问，为什么她戴着狐狸面具我还能一眼就认出她来，其实也没什么奥妙，因为会戴着这么古风的面具还突然揪住人家衣领的女生，除了小佐内，我真的想不到第二个人。

她用手捂着嘴巴，瞪大了眼睛看着我，一个劲儿地道歉：

“对不起，对不起啦！我没穿惯木屐，所以飞踢时没掌控好……”

“那你穿哪种鞋子就能掌控好踢人的技巧啊？”

她摇着头，就连狐狸面具都摇摆起来。

“我，我不是这个意思啦……对不起！很疼吗？”

刚被踢到的瞬间，我痛得头晕目眩，眼冒金星，不过还好没踢到重要部位，现在疼痛已经渐趋缓和。我把脚放下来，勉强挤出一丝笑容。

“现在已经不痛了。”

“哦……”

小佐内低垂着头说道：

“谁让你那样说话啊，很伤人的……好啦，别生我的气啦。”

“我已经没生气啦。”

“那就好。”

她莞尔一笑。

哈哈哈，再装就要暴露了。小佐内同学，会是因为一丁点小事就心灵受伤的人吗？能够伤害她的，是那种……呃……更加……更加不得了的大事。

她试图把摘下来的狐狸面具固定在头的右侧。这种面具的绑绳方法和扎风筝的类似，绳子非常细。她自己折腾了很久。看着她在一旁绕来绕去，我不禁问道：

“这种东西，你在哪里买的呀？”

“什么？你是说这个面具吗？”

小佐内把绳子打了一个蝴蝶结，瞥了我一眼答道：

“我路过一家木工店看到的。实在太可爱了，就忍不住下手买了。”

平时的小佐内，很少会用“可爱”来形容一个物件。更准确地说，她不会像一般的日本人那样，随便地用“可爱”一词来代替“漂亮”或是“好玩”。所以，她大概是发自内心觉得这个在梦魇中才会出现的奇怪狐狸很可爱吧。

不过我也没资格对别人的喜好指手画脚。

她终于把绳子固定好了，还把双手背在身后，冲我微微一笑，问道：

“要不要一起去逛逛？”

“啊？”我吃了一惊。

在校外还能跟我熟络地聊上几句的同学，大概就只有堂岛健吾一人了——此话绝对不假。

我之所以经常和小佐内一起行动，其实另有原因。我和她有一个共同的目标。这一目标看似简单，但实际操作起来困难重重。我们二人的目标，是成为一名平凡的小市民，过上安稳的小日子。所以，对所有阻碍我们小市民成长之路的事情，我们都坚决采取避而远之的态度。我们在一起，只是为了在遇到麻烦时，或者说是为了在麻烦萌芽的阶段就避而远之，而相互掩护罢了。

这样的小佐内同学，居然会邀请我在人来人往的夏日祭典大街上一起闲逛，这里面肯定有什么不可告人的目的。我正琢磨她葫芦里卖的是什么药，她突然一个转身迅速地躲到了我的右侧。我顿时明白了事情的原委。

“前面是不是有你不想见到的人？”

挂在右边的狐狸面具稍微遮住了她的侧脸，我站在她身边又能帮她隔绝来自左边的视线。她低着头往前走，眼睛盯着脚尖，如果不特意走到她的正前方，根本没人能认出她来。况且，她今天的打扮和平时判若两人，完全就是一个标准的日本娃娃。

“嗯。”

就像是要印证我的猜测一样，小佐内头也不抬地低声应了一句。

“是你们班的同学？”

“以前的同学。”

由于两个人站在人潮中一动不动也很引人注目，为了不挡住游人的脚步，我开始迈步往前走。小佐内也立刻跟了上来。即便是走在四处喧嚣的夏日祭典上，她那双黑色木屐发出的声音也听得一清二楚。

“那赶紧回家不就好了吗？”

“我的自行车放在前面呢。”

“哦。”

那……就没办法了。

因为她一直盯着自己的脚尖，所以我听不清楚她的声音，只听见她断断续续地好像在说：

“能找到小鸠同学，真是太好了。”

“你一直在找我吗？”

“你不是说会来吗？所以，我想着说不定能遇到你……不过，我也没抱太大的希望啦。”

“是啊，这么多人，亏你能找到。”

本来我还想补充一句“何况你个子这么小，居然能一眼看到我”，不过为了避免再被她飞踢一脚，我还是把话咽了回去。

说起来，我已经很久没有像这样跟小佐内一起在街头散步了。最后一次一起逛街是什么时候的事来着？思绪将我带回从前，不偏不倚地回到了那段不堪回首的过往。那是一年多前的事了。去年春天，我正好在街上遇到换了新手机的小佐内……那之后，应该还像这样一起逛过街才对，可是我怎么也想不起来了。

不过，现在我顺带着连其他的事情都一一回忆起来了。那天，我说要请小佐内吃一家店自制的水果鲜酪乳，那个承诺还迟迟没有兑现呢。事情已经过去一年，不知道她还记不记得。如果她还记得……现在再补请也不算迟。不过，我得先想好要拿什么来补偿她才行，她对甜品可不是一般的热衷。

甜品，是这个世界上她第二喜爱的东西。为了吃甜品，只要体力和财力能承受，就算要走到天涯海角她都愿意去。

那小佐内的至爱是什么呢？

答案就是——“复仇”。

别看她外表小巧玲珑，其实她就像拳击比赛中的防守反击型拳手一样，只是在默默地等待对手发动攻势，一旦对方出拳，她就会伺机给予致命一击。现在的小佐内同学，是为了将自己身上像“狼”一样的性格彻底封印，才下定决心要成为一名小市民。

而我同样也有一个致命的缺点，那就是与生俱来的好管闲事、多嘴多舌的个性。俗话说观棋不语真君子，我却总是自作聪明地对别人的事情指手画脚，结果往往搞得大家不欢而散。所以，我也希望能凭借“小市民”这个身份的力量，来抑制自己这种讨厌的“狐狸”个性。

去年春夏之际，我和小佐内揭发了一起伪造国家机关颁发的证件的犯罪阴谋。不知道是不是因为我们那一通揭发电话，最终竟然有五个人被逮捕。显然，这绝非一个普通小市民应有的行为。在经过深刻反省之后，从那个夏天开始，我们就安分守己，老老实实地度过了一整年。因此，可以说现在我们已经坐稳了“小市民”的宝座。

“啊！”

小佐内突然大叫一声，用手指着前方。出什么事了？我连忙顺着她手指的方向看去，前面只有一个卖棉花糖的普通小吃摊。

她肝肠寸断般从喉咙里挤出几个字：

“棉花糖，我忘记吃了！”

在微风徐徐的夏日祭典，我不过是来溜达的。

可小佐内同学就不同了，她是来大快朵颐的吧。

虽然明知道说出来只会大煞风景，我还是忍不住对着兴致勃勃的她泼了一盆冷水。

“小佐内同学，你知道棉花糖的原料有多便宜吗？”

“……”

“价格有多便宜我们暂且不说，你知道只需一丁点白砂糖就能做出一份棉花糖吗？”

咯噔咯噔……小佐内脚下的木屐踩得地面咯噔作响。她那一路垂着的头猛然抬了起来，义正词严地说道：

“这不是价格高低的问题……人家就是想吃棉花糖嘛。”

她居然有如此坚不可摧的意志……是在下错了！我甘拜下风。

结果，狐狸面具遮住了她的右脸，我挡住了她的左边脸，一大团棉花糖挡住了她的正脸，我们就这样继续走在了人群中。她笑靥如花，咯噔咯噔地踩着木屐，时不时咬上一口棉花糖，心满意足地迈着步子。刚开始我还以为她买棉花糖可能是为了更好地隐藏自己，但是看她这架势完全是我想多了。

她全心全意地沉浸在棉花糖的美味中无法自拔，脚步渐渐放慢下来。结果，我只能配合她的步调。事实上，人的身高差会转变为步伐的差异，所以我要配合小佐内那慢吞吞的步伐，并不是一件容易的事情。我一边若无其事地缓缓往前挪着步子，一边用余光看着周围。说实话，我还挺好奇的，小佐内“不想见到的”到底是什么人呢？

她刚刚说，是因为把自行车停在了前面，所以明知道会遇到不想见到的人还是得硬着头皮往前走。可我知道，她的这套说辞是瞎编的。她身着浴衣，要骑自行车的话，势必得把裙摆撩起来才行。

当然，把裙摆撩起来顶多也只是露出一截小腿，跟穿校服的裙子并没有太大差别。可问题是，她脚上穿的可是标准的木屐啊。就算能把浴衣的裙摆撩起来坐到自行车上，可是想穿着木屐踩动自行车的脚踏板就没那么轻松了。想保持和服装扮的统一感，又想骑自行车来的话，脚上应该穿着轻便的人字拖，然而小佐内特意穿着木屐前来，那就表明她十有八九并没有骑自行车。

既然如此，那么她躲躲藏藏都要来这里的理由就只剩下一个，那就是——虽然不想让对方见到自己，但自己很想看看对方的状况。我当然也很想知道这个人到底是何方神圣。

她这么做一定有她的原因。因为如果没有什么特殊的理由，她也不会特意叫住我。不过我并不知道她到底是怎么想的。到目前为止，可供推敲的线索也寥寥无几。

不过……我也没必要纠结，想必也没什么大不了的理由吧。我们都号称要努力成为“小市民”，可是整天把这样的目标挂在嘴边，本身就显得太过自以为是了吧。遇到事情时我们总是自乱阵脚，一点鸡毛蒜皮的小事就无限放大，慌张得像是出了什么大事一样。就像做棉花糖一样，一丁点白砂糖都能够弄出一大团来，结果不过是自己小题大做，大惊小怪罢了。

见我一直左顾右盼，四下张望，小佐内把几乎埋入棉花糖里的头抬起来问道：

“你东张西望地在找什么呢？”

“啊，没什么啦，我是想着要是看到卖糖炒栗子的，就买点回去。”

当然，这并不完全是谎话，至少有十分之一是出自真心的。小佐内歪着脑袋，卷在竹签上的棉花糖也跟着倾斜到同样的角度。

“我记得前面应该没有了。”

“是吗？那算了，反正也不是非吃不可。”

正如她所说，再往前走，只剩下烤马铃薯、气枪射击、幸运钓球、巧克力香蕉和卖气球的几家摊位就走到了尽头。我拿出手机看了一下时间，比预计的晚了不少。接下来还有考试，我差不多该回家了。

我停下脚步，刚准备和她道别，她也停下来并且放下了棉花糖。

“对了，小鸠同学，你暑假有什么安排吗？”

期末考结束之后，自然就要放暑假了。

我的安排嘛……

“没什么啊。小佐内同学呢？”

她抬起头来看着天空想了想，又舔了一口棉花糖，然后嫣然一笑。

“我啊……我有预感，这个暑假将会是一个特别的假期呢。”

看她笑得那么灿烂，我也回以微笑。

她在期待一个与众不同的假期啊……

作为一个小市民，居然奢望给自己的暑假留下一段特别的回忆，这合适吗？

只有夏洛特蛋糕是我的

1

我可以肯定地说，一切都是这讨人厌的酷热造成的。若是一如平常，我怎么会乱动这脑筋呢？

现在，屋子里只有我和小佐内两个人。也就是说，不必在意他人的目光。

在这之前，我们也不是没有单独相处过。可是，至少在今天之前，我从来没有想过要对小佐内同学下手。

空调明明送出阵阵冷风，我却感受不到一丝凉意。体内热浪翻滚，让人不禁躁动起来。一边是挥之不去的逼人暑气，一边是身后传来的阵阵寒意，不知不觉间我身上已经沁出汗水。我赶忙用手帕在脖颈间随意擦了两下。可能是太过紧张的缘故，口干舌燥的我抿了一口小佐内特意准备的冰冻大麦茶。

为了慰劳在这火辣的太阳底下辛苦跑腿的我，她一如既往地笑着端出冰凉的大麦茶。那时她一定没有料到，我居然会辜负她的信任。

背叛别人，自己不可能无动于衷，心中难免若有所失。其实，我是发自内心觉得自己对不起小佐内。可是……不可否认，对即将发生的事情，我也确实莫名兴奋。

动手吧！既然已经决定要做了，就要尽快行动。既然要行动，就要悄无声息，不露痕迹——

我不动声色地把手伸了出去。

都是因为这讨人厌的酷暑，才会让人失去理智。若是一如平常，我一定不会动这个歪脑筋。我也好，小佐内也好，都不会走到这一步。

到底是从哪一步开始踏错的呢？我仔细回想了一下，错误的根源就在昨天。

2

高中二年级的暑假开始了。

暑假的第一天，小佐内就跑到我家来了。

傍晚时分，门铃声响起，我还以为又是什么搞推销的人在乱按门铃。我走到门口一看，原来是小佐内。门前还停着一辆自行车，自行车的座椅被压到了最低。本来就比实际年龄看起来小很多的她，今天穿了一件冰丝小吊带，配了一顶粉红色贝雷帽，更让人看不出实际年龄了……她一穿上自己的便服，就像完全变了一个人。

她抬起眼睛，透过黑色的齐刘海目不转睛地看着我。

她特意跑来找我，是出了什么事吗？我在心里暗暗嘀咕。

看我一脸茫然，她将一张地图缓缓摊开，说道：

“小鸠同学，你知道这是什么吗？”

废话，这不是显而易见吗？就是我们这里的地图呀。只不过，地图上标注了一堆东西，随处可见的红色记号旁边写着一些类似专有名词的文字。刚开始我还好奇这些标注到底是什么，可当我看到“Humpty Dumpty”的店名时，就立刻反应过来了。

我不屑一顾地瞥了一眼地图，回答道：

“你把市里所有的甜品店都标在地图上了呀。”

小佐内轻轻点了点头，又立刻摇了摇头。

“你说的没错，不过并不完全正确。”

“也就是说……”

“这张地图啊……”

她仿佛要透露什么惊天的秘密一般，一脸正经地说道：

“它……将左右我这个夏天的命运……”

“命运……”

“这是——‘小佐内精选甜品指南的夏季版’！”

我缓缓地阖上了家门。

正当我准备返回自己的房间，盘算一下怎么度过暑假的第一个夜晚时，门铃又响了。响了一声，又一声……我叹了一口气，又走到门口。小佐内的脸上没有任何埋怨的神色，可是似乎也并未打算再做解释，只是默默地把地图递给我。

“小佐内同学啊，虽然呢，我并不讨厌甜品，可是也没像你那么喜欢啊！拜托，请你放过我吧！”

她的脸色一沉。

“你就是不肯收下吗？”

我确实也没有非拒绝不可的理由，于是——

“好吧，那我就收下了。”

“很好！那我们从明天开始喽！”

什么情况？我一脸疑惑地指着自己问道：

“我们？我和你吗？”

“嗯。”

这是在搞什么名堂？为什么小佐内会叫我一起去甜品店呢？

当然我也不是没跟她一起去吃过甜品，相反我们还去过好几次。只是，她为什么会在暑假特意来约我去吃？这实在让人有点百思不得其解。

众所周知，人际交往可以促进自我认知的深化，而小市民人格的确立更是依赖于与他人的人际关系。对于我们这样的高二学生来说，人际交往几乎都集中于校园生活，所以我们之间这种互助互惠的关系，也必然只局限于在校期间。虽然在学校时，我和小佐内常常出双入对，形影不离，但放假时我们几乎没有约出来见过面。既然是暑假，就更没有见面的必要了。事实上，去年暑假我们连个照面都没有打过。

“怎么啦？为什么会专门来约我呢？”

被我这么一问，小佐内的声音一下子没了底气，她小声嗫嚅道：

“因为……因为想要完成今年夏天的计划，就……就一定要有像小鸠同学这样的人帮忙才行。”

这样的答案更是让人摸不着头脑，为何她的甜品攻略大作战非要拉我加入不可呢？当然，即便是一头雾水，我也没办法拒她于千里之外……我欲言又止的表情，一定出卖了我。一面对小佐内，我就肆无忌惮地开始动起了脑筋，忍不住想寻根溯源，一探究竟。

她抬起头来，眼巴巴地看着我，歪了歪小脑袋，用小到几乎听不见的声音问道：

“你是不想去吗？”

她这么问，我当然不能说不想。

“怎么会啊……”

听我如此回答，小佐内立刻莞尔一笑。

“那就好！那明天下午一点见。”

说完，她递给我一张纸。我一看，顿时无语了。

“小佐内精选甜品指南的夏季版”

十佳单品：

1.赛西利亚：夏季限定热带水果芭菲

2.Tinker Rinker：水蜜桃派

3.村松屋：焦糖苹果（← 一定要留意发售时间！）

4.樱庵：冰激凌双球（←黑芝麻&豆奶）

5.环城公路服务区KiraPark：特制圣代冰激凌

6.LaFrance：水蜜桃千层派

7.BerryBerry 三夜路店：冰西瓜鲜酪乳(←要配鲜奶油)

8.Light Raining：黄桃芭菲

9.飞鸟:宇治金时冰沙(←下单时要注明多加红豆)

10.杰夫贝克:芒果布丁

落选遗珠 注意:本榜单含非夏季限定商品!

A级品

小红帽:芝士蛋糕

爱丽丝:西柚水果挞

金雀花:水果捞

春日日式点心 煅治街直营店:日式牡丹饼(←中元节限定)

柠檬种子:法式可露丽(←外带专供)

Corn Folk:德式柠檬冻芝士蛋糕

Humpty Dumpty:意式奶冻(←再度封印中……)

卡诺萨:法式红茶莎布蕾饼干

LAROCHE:自制曲奇礼盒

椿苑:日式蕨饼

B级品

待梦咖啡馆:巧克力戚风

EarlGrey2:提拉米苏

甘泉:日式馅蜜

塔里奥:双拼泡芙

桂妮维亚:菠萝华夫饼

银扇堂:白玉团子
三角:水蜜桃瑞士卷
三色旗 松波大楼店:法式萨伐仑松饼
香川轻食咖啡自助餐厅:提子牛油蛋糕
月光宝石:年轮蛋糕

天啊！这要我做何反应呢?

她的意思，该不会是要把这些店统统吃个遍吧……

到了第二天，既然约了下午一点见面，我自然做好了一点前出发的准备。然而，我还没出门就收到了小佐内的邮件，字里行间都是一副颐指气使的架势。

“不好意思，突然有事没法出门。你帮我去第十名的甜品店买两个芒果布丁和四个上面有西柚的夏洛特蛋糕送来我家。不好意思。”

开头和结尾各写了一句“不好意思”，就能这样使唤别人了吗?该不会她昨天来我家的时候,就已经料定今天出不了门吧。如果真是这样,摆明就是利用我嘛。不过,我也不会为此生气。毕竟就像她利用我一样,我也时不时会利用她，这是我们两人之间的默契。

我之所以会气不打一处来，都是这大热天搞的鬼。

“小佐内精选甜品指南的夏季版”上锁定了将近三十家店，榜上第十名是一间名为“杰夫贝克”的甜品店。这家店我从来没去过，不过谢天谢地，看地图发现它的位置刚好在我家和小佐内家之间。在这样的烈日底下暴晒，要是还让我专门绕道去别的地方买，就算有天大的理由也恕难从命了。

我从家出发刚好十二点整。近日，整个日本列岛被大范围高气压所笼罩，此刻的气温已经超过了三十六摄氏度。一般来说，一日当中气温最高的时间是下午两点。这就意味着接下来的气温只会越来越高。还好空气中的湿度并不算大，太阳虽然猛烈但还不至于闷热，可是一路踩着自行车，我的脖颈间已是大汗淋漓。

我一边看着地图，一边寻找着“杰夫贝克”。店家简直就像在向世人宣告这里有一家西饼店一样，在屋顶上插了一面法国国旗，所以我没费太多工夫就立刻找到了“杰夫贝克”。店铺的屋檐和招牌都还很新，墙壁也是干净的奶白色，不过屋顶的白铁皮已经有些褪色，不难看出这家店应该是由老房子翻新之后建的。不过这些细节无关紧要，最重要的还是店里的冷气开得够不够强劲。

显然，是我杞人忧天了。西式甜品店有许多生鲜产品，所以和超市一样，为保证存放产品的新鲜和卫生，必须营造一个清凉舒爽的环境。大门乍看之下像是自动门，但实际上是要用手往两旁拉开的推拉门。我拉开门踏入店内，迎面而来的强劲冷气顿时令人神清气爽。我从口袋里掏出手帕擦了擦汗。

然而——

“哇……”

鲜亮的橙色布丁上点缀着一片清爽的薄荷叶，这个应该就是芒果布丁了。问题是那个鲜果夏洛特蛋糕。“鲜果夏洛特”的牌子后面摆放着几个三角形的白色蛋糕，看样子是一整个圆形蛋糕的八等分，可是数量不多了。小佐内要我帮她买四个，而这里只剩下三个。芒果布丁倒是还剩好几个。

“您好，欢迎光临！”

一个穿着围裙的女店员从里面走了出来。

我赶忙上前问道：

“不好意思，这里的蛋糕等一下会有补充吗？”

店员瞟了我一眼，没好气地回答：

“有的都在这里了。”

这样啊，算了吧。约了下午一点，就算等一会儿蛋糕能补充，我也没时间再多等了。人家没有，也不能怪我买不到吧。于是，我暗自决定就买两个芒果布丁和三个夏洛特蛋糕。我搞不清小佐内葫芦里在卖什么药，不过她总不至于要我把没有的东西变出来呀。

店员还是一副爱理不理的样子，但听见我下单，她立刻取出两个纸盒，开始手脚麻利地把两种东西一一装进去。我一边看着她打包，一边给小佐内发邮件汇报进度。

“蛋糕买好了。”

“谢谢，好期待啊！”

我打字的速度很慢，所以没把蛋糕不够的事情告诉她。反正等一下就会见面了，到时再说也不迟。

我收起手机，店员还在打包，看起来还挺费劲的。我环顾一下四周，想看看有没有餐巾纸什么的可以免费取用。收银机的旁边有一个小篮子，篮子里放着几包免费的纸巾，似乎是本地信用合作社用于广告宣传的面巾纸。反正闲着也是闲着，我正要伸手去取……

“让您久等了！”

店员的声音叫住了我。我只好把手缩回来。东西被分别装在两个纸盒里，一盒是芒果布丁，另一盒则是夏洛特蛋糕。

这种大小的纸盒，刚好可以两个叠在一起放进自行车的前筐里，要是把五个蛋糕都装进一个大纸盒里，那现在就真不知道该如何处置了。我心想，别看这个店员态度冷淡，但其实还挺为顾客着想的嘛。

3

小佐内的家在一栋住宅楼的三楼。这栋大楼，有不少住户。乳白色的墙壁，非常精致。我去过她家好儿次，所以没绕一点儿弯路，径直就找到了。

我敲了敲门，小佐内穿着一件清爽的白色连衣裙走出来，立刻招呼我进去。

“不好意思，外面这么热，还让你帮我买东西。”

“买东西倒是小意思，不过今天这天气真是热死人啊。”

她家感觉只有她一个人住似的。每次来，我都觉得里面空荡荡的，没什么生活气息。听说小佐内是独生女，父母都在工作，而且每天早出晚归。说起来，我还没见过小佐内的父母呢。女儿才高中二年级，就买得起这样的豪宅，想必她父母从事的行业应该相当赚钱。不过，也很难说，说不定是靠着先人的遗产买下来的。我从来没有跟她讨论过这个问题，当然以后应该也不会聊到这些。屋子里虽然开着冷气，可是温度设定得比较高，所以并不觉得很凉快。

“你先在客厅里坐一下。我去给你倒杯冰镇大麦茶，好不好？”

“好啊！”

当然好啦，我现在急需冰冻饮料啊！

客厅的木地板上铺着一块地毯，地毯上摆放着一张矮矮的茶几。我在茶几旁坐下来，顺便把手上的蛋糕盒放到茶几上。

小佐内把装着满满一杯大麦茶的扎啤杯端了过来。我一边对她家怎么连扎啤杯都有感到奇怪，一边仰头咕咚咕咚地把大麦茶灌了下去。此刻，我只想痛痛快快地将一大杯冷饮一饮而尽，可是大麦茶实在太过冰冷，而且这满满一大杯，只是半杯下肚我就有点受不了了。

只见她又跑回厨房，这回两只手里各端了一杯咖啡走了出来。如果是刚刚烧水冲泡了咖啡，那速度也太快了，我猜她家一定有一台咖啡机。热气腾腾的咖啡，散发出浓浓的香气。我又从口袋里掏出手帕，擦了擦额头密密麻麻的汗水。

接着，小佐内端出小碟子和汤匙，说道：

“我们来吃蛋糕吧！”

照这样看来，她真的是为了和我一起吃蛋糕才把我叫出来的啊。

问题是，我已经说过多少次了，我并没有那么爱吃甜品。我目瞪口呆地愣在一旁，她却并没有理会，脸上带着高深莫测的微笑，像要打开神秘的宝盒一般，缓缓把手伸向了蛋糕盒。

就在这时，一阵电话的铃声响起。

应该是手机的来电铃音。我以为是自己的手机响了，刚把手伸进口袋，才发现是小佐内的手机铃声。她似乎一直在等这个电话，只见她一个飞身扑过去，立刻拿起了放在地板上的手机。

“喂，怎么样了？”

她用眼角瞄了我一下，先对着电话那头说：“抱歉，等一下啊……”又看着我说道，“抱歉，等我一下。”然后，她便慌慌张张地离开了客厅。

于是，客厅里只留下我、蛋糕还有咖啡，面面相觑。

我闲坐着无所事事，于是把装蛋糕的盒子打开。虽然放在自行车的前筐里一路颠簸，可幸运的是芒果布丁和夏洛特蛋糕都完好无损。

芒果布丁装在透明的塑料杯里，橙色的布丁上点缀着一小团白色的鲜奶油，还装饰着一颗殷红的蔓越莓和一片青绿的薄荷叶。布丁果然是真材实料，镶嵌着满满的新鲜芒果果丁，看着就让人食指大动。日本的芒果实在太贵了，长这么大我都还没好好吃过一次呢。

那个夏洛特蛋糕，看起来像是被切成八等分的水果挞，不过蛋糕的质地和挞皮不太一样，它的外侧是一层烤成金黄色的、看起来非常松软的手指海绵蛋糕。里面具体是什么就不好说了，雪白雪白的，不实际品尝一下实在难以想象会是什么样的口感。夏洛特蛋糕装在一个用金色厚纸板做成的托盘上，外围裹着一圈透明的玻璃纸。底胚也是海绵蛋糕，上面还装饰着几块红心西柚。看起来酸溜溜的西柚，和甜滋滋的蛋糕会般配吗？真是让人匪夷所思！

芒果布丁刚好一人一个;夏洛特蛋糕的话，我就拿一个，给小佐内两个好了。要是有四个夏洛特蛋糕的话，自然可以一人两个，可是既然只买到三个，那理所当然要分给小佐内两个。小佐内本人肯定不会这么要求，可是只有三个，我却拿两个，只给小佐内一个，岂不是太离谱了……

我把蛋糕分好，装到小佐内刚才端出来的盘子里，继续等待。耳边传来空调运作的嗡嗡声，我竖起耳朵仔细听了听，还是没听到一星半点小佐内通电话的动静。

说实在的，细想一下，我也不是非得和小佐内亲密无间地面对面坐着吃蛋糕。跑来吃蛋糕也不是我的计划，不，应该说我都还没搞清楚为什么会跑来她家吃蛋糕。现在，蛋糕和咖啡就摆在面前，能做的当然就只有一件事。虽说我并不是太喜欢吃甜品，但是从早上到现在我还什么东西都没吃呢。炎热的天气大大降低了我的食欲，可是美食当前，还是不免觉得肚子有些饿了。

“……那我就不客气啦。”

我自言自语，伸手拿起了小汤匙。

先吃哪个好呢？我稍微思考了片刻，决定先从夏洛特蛋糕下手。与芒果的香甜相比，西柚的酸甜更契合我此刻的心情。

然而，我万万没想到，这块夏洛特蛋糕竟是如此妙不可言。

我握着汤匙，感动到说不出话来。

怎么会……

怎么会有如此人间美味啊!

一口咬下去，口感轻盈得像泡沫一样细腻丝滑，若有似无的微甜恰到好处。海绵蛋糕的底胚内还夹着奶油芝士风味的法式巴伐露奶酪，但是奶酪的味道并不会太过张扬从而抢走主角的光彩。在尽情地享受过这淡雅的独特风味之后，像橘皮果酱一样的酱汁隐藏在内侧，于不经意间流出来，成为这场美食体验的点睛之笔。有趣的是，这块夏洛特蛋糕虽然是一个完整的蛋糕切片，但是从表面的切面处完全看不出里面还藏有酱汁。看样子，是先把蛋糕切片之后，再用滴管之类的东西把酱汁注入巴伐露奶酪当中的。这么做虽是费时费力，但确实会让人在品尝过程中产生意想不到的小惊喜。我还是第一次品尝到能把酸味和甜味融合得如此相得益彰、精妙绝伦的甜品呢。

对于小佐内喜欢的那种带点酒味或是甜香四溢的西点，我一向是避而远之的。相较而言，我更欣赏那种不甜不腻、清清爽爽的甜品，而这块夏洛特蛋糕简直完美地将我追求的口感呈现出来了。此时的我和平时的形象判若两人，已完完全全沦陷于蛋糕的美味当中不可自拔。

外围的海绵蛋糕虽然并没有什么值得特别称道之处，但对于此刻饥肠辘辘的我来说，刚刚好可以果腹。我一边时不时地啜一口热腾腾的咖啡，一边一口接一口地细细品尝着美妙的蛋糕。等我回过神来，一块蛋糕已经尽在腹中。啊，这真是一场幸福的美食之旅呀！最后再用咖啡清一下口腔，我长长地呼了一口气。

小佐内同学今夏的命运之选，果然不同凡响！不过这款夏洛特蛋糕并不是夏天特有的甜品，而且小佐内的真命天子也不是它，而是芒果布丁。可是，这块夏洛特蛋糕绝对称得上极品中的极品。小佐内一定也会很喜欢的。

说起来，小佐内呢……

“还在通电话吗？”

她完全没了踪影，还是没有要回来的样子。

我又静静地等待了一会儿，仍旧是一点儿动静都没有。房间里只有空调运作的嗡嗡声。

刚才的蛋糕实在太好吃了，而且我从早上到现在都没吃东西，一块那么小的蛋糕根本没法填饱肚子。可是，小佐内对甜品情有独钟，简直是如痴如醉。我不禁陷入了两难境地。

好想再吃一块啊！

我的脑中突然闪现一个念头——

夏洛特蛋糕还剩下两块……

我被自己一时头脑发热所产生的可怕想法吓了一跳，出了一身冷汗，赶忙掏出手帕擦了擦脖子。

我居然……居然想对小佐内的那份下手！

我这个人简直不可理喻！刚刚还信誓旦旦，说什么当然要给小佐内两个，自己只吃一个。而且，小佐内肯定一早就知道这个夏洛特蛋糕乃人间极品，况且她还以为我买了四个，可以一人吃两个呢。当然，现在的确是给小佐内留了两个，可是如果我再偷偷吃掉一个……

我犹豫不决，迟迟不敢动手，却又无法遏制心中被点燃的欲望。

偷吃小佐内的蛋糕……多么邪恶却又美妙的念头啊！

“受不了了……好想吃呀！”

再等一分钟，不，再等三十秒吧。如果这个时候小佐内回来了，我就笑意相迎，告诉她夏洛特蛋糕的味道有多么美妙，然后默默地看着她享受剩下的这两块人间极品。但是，如果……她没有回来……

那我就……

结果，小佐内并没有回来。

我紧紧地盯着时钟，迟迟不肯前移的分针终于慢吞吞地走完了半圈，我也终于下定了决心。

我可以肯定地说，一切都是酷热造成的。若是一如平常，我怎么会乱动这脑筋呢？

既然已经决定要动手，就要尽快行动。既然要行动，就要悄无声息，不露痕迹。

我要让小佐内相信——夏洛特蛋糕，从一开始就只有两块。

4

日本历史上有一场非常著名的战斗，名为川中岛之役。称霸战国时代的两大英雄——武田信玄和上杉谦信在这场战斗中一决雌雄。

然而，实际上，川中岛之役并不是日本史上最重要的战争。当时，武田信玄和上杉谦信的军队各据一方相互较量，以川中岛为战场，前前后后共爆发了五次规模不等的冲突，但真正称得上大规模会战的却只有一次而已。就算有历史的光环加以粉饰，这场战役也算不上是战国历史的分水岭。其规模与关原之战或是大阪之役根本无法相提并论，就连长岛暴动对于后世的影响也远远大过川中岛之役。事实上，我们船户高中所使用的历史教科书上，甚至都没有介绍川中岛一役的只言片语。

那么，明明只是一场局部地区的攻防战，川中岛之役为何会家喻户晓呢？

一言以蔽之，就是因为两大枭雄的正面冲突充满了悲壮的历史戏剧性。与是否对整个局势或是在历史上占有举足轻重的地位无关，川中岛之役能流传千古，是因为龙虎相争的画面太过博人眼球罢了。

我正盘算着如何向小佐内隐瞒有第三块蛋糕的事实，无意间却想到了这场战役。没错，这是一场我和她之间的战争。

小佐内同学是与我势均力敌的完美对手。这个对手，不容小觑！

如果这是一场战斗，那么战场就是眼前这张茶几。

从头到尾，我并没有和小佐内说过我在杰夫贝克到底买了几块夏洛特蛋糕。发给她的邮件上只告诉她我买了蛋糕，但没提数量。到她家之后，我也只是随口说了说外面很热而已。她刚要打开蛋糕盒，就有电话打了进来，然后立刻走出客厅，所以并没有看到盒子里的东西。虽然待会儿，我们肯定要算算总共花了多少钱，但是到目前为止她并不知道我的实际支出。

因此，只要妥善处理这张茶几上所有的物件，小佐内就不会知晓第三块蛋糕的存在。

首先，要看看现在桌子上有哪些物品。我必须逐一仔细核查，以防犯下低级错误。有些东西乍看之下似乎没什么关联，如果不小心下意识地排除掉，就会让敌人抓到把柄。

另外，要计算好时间。虽然不清楚小佐内通话的具体内容，但是她不可能通一辈子电话。我现在所处之处听不到她打电话的声音，那就意味着我无从知晓她什么时候会挂电话。我不知道还有多少时间可供自己思考和行动，因此必须以最小的动作取得最大的成效。

目前，桌子上的物品如下：

（1）电视遥控器、空调遥控器。我飞速扫了一遍，两个遥控器上面都没有粘到巴伐露奶酪的痕迹。

（2）盒装面巾纸，是全新的，未开封。

（3）两个芒果布丁，完好如初。

（4）两块人间极品夏洛特蛋糕，完好如初。

（5）两个装蛋糕的空盒子。虽然甜品已经取出来，但两个盒子里面并非空无一物。除了餐巾纸之外，还有一个非常重要的东西—— 一张用双面胶贴在纸盒底部保护蛋糕的纸片。我刚刚打开蛋糕盒才意识到这个纸片是干什么用的。原来它是为了防止蛋糕滑动而贴的，这样的话在运输过程中盒子里的蛋糕就不会因移位或是倾倒而被挤压导致变形。

装芒果布丁和夏洛特蛋糕的两个盒子里，防滑纸所贴的位置并不一样。两种甜品的形状各异，数量也不同，因此防滑纸的位置也会有所不同。芒果布丁的盒子里贴着两张防滑纸，而夏洛特蛋糕的盒子里贴着三张防滑纸。

（6）盛放夏洛特蛋糕的金色纸盘。纸托盘上还沾着一点巴伐露奶酪，这个不好好处理的话就会前功尽弃。

（7）还有包着蛋糕的那层玻璃纸，上面也沾满了奶酪。它也会向小佐内指明原本还有第三块蛋糕。

（8）我用过的汤匙。汤匙上面也沾着一点奶酪。当然，还有小佐内自己准备用的那个汤匙，也放在桌上。

（9）咖啡。桌子上摆放着两个非常普通的白色咖啡杯。小佐内的那杯原封未动，我的这杯则喝了一半。

（10）冰冻大麦茶。为了慰劳我在烈日底下跑腿的辛劳，小佐内特意准备了一大杯大麦茶，现在还剩下差不多半杯。

（11）小碟子。刚才我把夏洛特蛋糕放在碟子上，然后用汤匙吃掉了。不过，蛋糕下面有个金色纸盘，所以并没有直接接触到碟子，小碟子上没有留下任何痕迹。

接下来，就要看看该如何操作才能骗过小佐内那双看到甜品就双目放光的小眼睛了。

首先，第一要务是处理掉裹着蛋糕的玻璃纸和下面的纸托盘。我用汤匙把沾在这两样东西上的奶酪逐一刮干净，刮不掉的地方就擦拭干净，然后卷在一起塞进了口袋。

接下来，就是装蛋糕的盒子了。这里有个麻烦，残留在盒子底部的防滑纸片是个问题。只要瞅一眼装芒果布丁的盒子，就能根据纸片所贴的位置，意识到这个纸是为了防止两个布丁在盒子里滑动而贴上去的。而装夏洛特蛋糕的盒子，并非一目了然，可是只要有足够的分析图解能力，就极有可能推断出这个纸片是为了防止三块蛋糕滑动，而并非只有两块。千万不能小觑小佐内的能力，不然会很麻烦！那么，我该如何处理这些纸片呢？

最好的办法就是把三张纸都撕下来，然后按照只有两个蛋糕的位置重新粘贴……然而，要不留痕迹地把牢固的贴纸撕下来，再找到恰当的位置重新贴回去，整个过程要花上不少时间。如果恰好此时小佐内回来了，她问我在做什么的时候，我要如何作答？这场战役就会以我的惨败告终。

可是，也不能就这样置之不理，必须得有所作为。

要么干脆全部撕掉算了。可这样也行不通！如果这么做，不只是夏洛特蛋糕的盒子，就连芒果布丁盒子里的防滑纸也必须一并撕掉才行。否则的话，小佐内很可能会怀疑“为什么只有一个盒子里贴着防滑纸，而另一个盒子没有”，从而轻易地看穿一切。然而，要把五张纸都不留痕迹地撕下来，绝非那么轻而易举就能办到的。

有什么办法可以只花最少的时间，却又能让小佐内无法从防滑纸入手推断出总共有几个蛋糕呢？我把餐巾纸从盒子里都掏了出来，然后干脆利落地将三张防滑纸中的一张撕下来，然后和刚才一样，把撕下来的防滑纸塞进了口袋。

我志得意满地观察着剩下的两张纸片。它们的位置分布已经被打乱，毫无规律可循，虽然看不出来是为了防止两块蛋糕滑动而贴的，但是也看不出来盒子里曾经放着三块蛋糕。

其他与蛋糕直接相关的物件，就只剩下汤匙了。我该怎么解释沾在汤匙上的巴伐露奶酪呢？

我的脑袋里瞬间蹦出两个解决方案。一是直接把汤匙上的奶酪舔干净。这一方法最简单粗暴，还能完全销毁证据。小佐内再厉害，也不可能去鉴定汤匙上是不是沾着我的口水吧……她应该不会做到这一步吧。

然而，我决定采用另一个方案。我把手伸向那块原本应该到小佐内肚子里，却被我处心积虑试图据为己有的夏洛特蛋糕。这样一来，一切都不能再回头了。我把蛋糕挪到我的碟子上，用汤匙挖了一小块下来。如此一来，这根汤匙已经用过的理由就成立了……同时，这块夏洛特蛋糕也就顺理成章地变成了我的囊中之物。

我把满是巴伐露奶酪的汤匙放入口中。不知是不是因为背叛所带来的快感，这块夏洛特蛋糕似乎比刚才那块更加美味。

还有一件事情绝不能忘记，那就是钱的问题。我只跟她要一个芒果布丁和一个夏洛特蛋糕的钱，自然是完全没占她的便宜，可她要是问我拿收据就有点麻烦了。收据已经和玻璃纸，还有纸托盘等东西一起塞进了我的口袋里。干脆就跟她说没拿收据好了。现在贸贸然把收据掏出来扔进垃圾桶的话，只怕多此一举会引出更多麻烦。

好，这样一来，所有跟蛋糕有关的物证都已经荡然无存了吧。我再一次扫视桌面，确实已经没有任何迹象可以表明这里曾经有过三块蛋糕了。

正当我准备松一口气的时候——

“糟糕……”

我将这口气又硬生生地吞了回去。

我怎么会这么粗心啊！还有一个会让人起疑的毁灭性证据摆在眼前，我居然没有发现！可是偏偏木已成舟，我已经用汤匙把蛋糕挖了一块，这下该怎么办呀！

该死的咖啡啊！我的咖啡已经喝了一大半了！

大热天赶过来，一口气喝下大半杯冰麦茶，这并没有什么奇怪的地方。应该说，这才是夏天正常人会有的行为。

然而，现在的状况是——桌子上的冰冻大麦茶还是老样子，维持着刚开始喝到一半的状态，咖啡却已经被消灭了大半。这么热的天，明明有透心凉的大麦茶可供解暑，我却先喝掉了热乎乎的咖啡，这实在有点不合常理。为什么我喝的是咖啡而不是大麦茶呢？显然是因为，咖啡和蛋糕更配。就连我都意识到的问题，心思缜密的小佐内怎么可能不心生疑虑呢？

要是能早点留意到这点就好了，可是已然下肚的东西，再怎么追悔莫及也于事无补。怎么办呢？我拼命思考解决方案。如果小佐内此时刚好回来，那肯定会问：“奇怪了，小鸠同学怎么只喝了咖啡呢？”想到这里，我就不由得冷汗直冒。

现在要想个办法把喝掉的咖啡变回来才行，或者说要找到一个把减少的咖啡增多的方法。只要杯子里还有大麦茶，就不免会被质疑为什么要喝咖啡。为了避免产生这个疑问，也可以考虑把大麦茶全部喝光。可是，喝光这么大一杯大麦茶，居然还能喝得下半杯咖啡，这似乎又会让人产生新的疑问。

所以，还是得想办法让咖啡变多才对。咖啡机里应该还有咖啡，不如潜进厨房，偷偷把咖啡加满？不行，作为一名客人再怎么样也不该不经同意就随便进出主人家的房间。要不从小佐内的杯子里分一点咖啡过来？这个也有点难度。以小佐内的锐利眼神，肯定能发现自己的咖啡减少了。

还是……没有时间再犹豫不决了。我把眼一闭心一横，决定出手。

“老天保佑吧！”

我拿起装着大麦茶的扎啤杯，抵着咖啡杯的边缘，将大麦茶缓缓兑入咖啡中。

咖啡的深黑色似乎被大麦茶冲淡了一点点，但是肉眼看上去并没有太过明显的差异。只是扎啤杯的边缘溢出了一点大麦茶，我赶忙擦拭干净。

这下怎么样？天衣无缝了吧？

然而，时不我待，已经没有再一次重新检查桌面的机会了。客厅的门被拉开，小佐内一边用连衣裙的袖子擦拭着手机的屏幕，一边走了进来。

“不好意思啊，一个朋友打来的。其实你不用等我的……哇，是芒果布丁啊。谢谢！我一直想吃这个呢。”

“别客气。”

我也报之以微笑。

5

小佐内两眼直勾勾地盯着芒果布丁坐了下来，然而她立刻就注意到另一个盒子。

“咦？夏洛特蛋糕……”

“啊，是呀。”

我舔了一下嘴唇，继续说道：

“这个蛋糕好像很受欢迎啊，我去的时候就只剩下两个了。”

小佐内一听，似乎皱了一下眉头。

“嗯，‘杰夫贝克’的夏洛特蛋糕确实是全市最好吃的。可是……这样啊，竟然卖完啦……”

看到她若有所失的样子，我不禁有点自责。

“那我就不客气了。”

她拿起汤匙，仔细看了看芒果布丁，又瞧了瞧夏洛特蛋糕，然后拿起了后者。她发现我在盯着她看，赶忙解释道：

“啊，我的至爱要留到最后再慢慢品尝。”

这是算不上解释的解释。

不过，看样子她应该还没有起疑。那是自然，就算她再怎么心思缜密，也不可能一下就看出来夏洛特蛋糕原本有三个吧。作为一个不容小觑的对手，她确实与我势均力敌，但这一仗对她有点不公平，这次的战斗纯属我猝不及防的偷袭。我正在胡思乱想，但她出其不意地问道：

“不好意思啊，通了那么久电话。你刚才在做什么呢？”

在做什么？我吃掉了你的夏洛特蛋糕，然后销毁了所有证据——这个问题，可真让人难以作答。

我急忙按捺住内心的张皇失措，尽可能装作若无其事的样子，平静地答道：

“啊，嗯，我在这里享受冷气呢。”

“是吗？可是，这房间……”

小佐内伸出左手，拿起了空调的遥控器，又说道：

“你不觉得有点热吗？温度设定为二十七摄氏度了。”

虽然与外头相比凉快多了，但这温度的确设定得有点高。看来我会觉得热，并不只是因为紧张和兴奋。她把遥控器对准空调，哔一声之后，强劲的冷风吹了过来。我顾不得汗流浃背，好不容易搜肠刮肚才找到一句话来应对。

“我总不能随便乱动别人家的电器呀！”

“你不用这么客气的……哎呀，不好意思，我应该早点留意到的。”

看样子，这个问题也并没有让她产生什么怀疑。我暗暗松了一口气。

她用汤匙舀了一勺夏洛特蛋糕，送进口中。然后，立刻一脸陶醉，发自肺腑地赞叹道：

“真的，太好吃啦！”

“确实太美味了！说句不好听的，小佐内同学介绍过那么多款蛋糕，还是这个最合我的口味。”

这么说应该不会露出什么马脚吧。刚刚我已经用汤匙挖了一勺碟子上的蛋糕，虽说只是一小口，但是也足以让我谈论品尝过的感受了吧。小佐内轻轻点了点头，又挖了一大勺巴伐露奶酪送入口中。

“要是你喜欢这种口味的话，我还可以再介绍一些别的给你啊。不过没有入选我的今夏十佳就是了。”

“好啊，回头告诉我啊。”

“嗯。”

她喝了一口咖啡。我也下意识地把手伸向了咖啡杯，但是想到里面的东西，不免踌躇了片刻。然而，如果此刻又把杯子放回去不免有些奇怪，我便故作镇定地也喝了一口……啊，味道并没有变得太诡异，只是在咖啡的浓香中莫名地加入了一点日式大麦茶的清香。咖啡的味道还是非常浓烈，几乎尝不出大麦茶的味道。

好了，我也来心安理得地大快朵颐吧。

我把汤匙插入夏洛特蛋糕，然而，这一口却迟迟未能送入口中。只见小佐内的汤匙一滑，她居然把奶酪蹭到了下巴上了。

她从芒果布丁的盒子里掏出一张餐巾纸，像猫咪洗脸一样在脸上打着圈把奶酪擦干净。盒子里只剩下一张纸巾。

我冷不丁吓了一跳，喉咙里发出一声奇怪的“咕噜”声。拿出一张，还剩下一张，也就是说，盒子里放着两张餐巾纸。好不容易送入口中的蛋糕，还没来得及尝出是什么滋味，就被我囫囵吞枣般吞了下去。

装着两个芒果布丁的盒子里放着两张餐巾纸。

那就是说——装着三块夏洛特蛋糕的盒子里，很可能放了三张餐巾纸！

在把防滑纸从夏洛特蛋糕的盒子里撕下来的时候，我就把餐巾纸掏了出来。而且，把它们放在了靠近我这边的桌面上。拿来用一下就可以知道到底有几张了，可是如果贸然出手，搞不好反倒会让小佐内有所怀疑。我看向那沓纸巾，然而光用肉眼实在无法判断叠在一起的纸巾到底有几张。究竟是两张，还是三张呢？不过，就算是三张，也许小佐内只会单纯地认为是店员多给了一张，并不会多想吧……这个判断，会不会只是我的一厢情愿呢？

啊，蠢死了！就算当时再怎么争分夺秒，也不该出现这样的纰漏啊！

“小鸠同学？”

啊？我回过神来。

“好好吃呀。”

我笑了一下，小佐内也跟着笑了笑。

“嗯。”

“为什么要叫作夏洛特蛋糕呢？”

“据说，夏洛特蛋糕得名于英国王妃夏洛特的帽子。切片之后看不到蛋糕原本的形状了，一整个蛋糕的话就可以看出像一顶圆圆的礼帽。”

“咦？你吃过一整个啊！”

“只有一次啦……”

趁着小佐内埋下头的空当，我又把目光聚焦于那几张餐巾纸。该怎么处理掉这沓纸巾呢？还是索性放着不管？我机械地拿起汤匙舀着蛋糕，脑子却在飞速运转着。我一边小心谨慎地应对着和小佐内的对话，一边绞尽脑汁地想着如何销毁证据。结果，好好一块美味的夏洛特蛋糕，都没尝出什么滋味，就被我草草吞进了肚子里。

现在……对我来说，蛋糕好不好吃已经不重要了。

我一边琢磨着，一边伸手去拿咖啡，结果手一滑杯子倒向一边，咖啡洒了一桌子。

“啊！”

打翻的咖啡迅速在桌子上蔓延开来，不过倒出来的量比我预估的多了一些。

“对，对不起。”

我一边道歉，一边把手伸向纸巾……当然是伸向从夏洛特蛋糕的盒子里取出来的餐巾纸。管它是两张还是三张，我一把都抓了起来，用来擦拭打翻的咖啡。

“哎呀！啊，别动！”

小佐内放下汤匙，打开了尚未开封的那盒纸巾。刚才的餐巾纸已经沾满了咖啡，变得湿答答的，我便把它们揉成一团。这下，不管怎样她也不可能再展开来数一数有几张了。

她也抽出几张面巾纸来帮我擦拭桌面。虽然打翻的量比我预估的多了点，但并没有将杯子里的咖啡全部洒掉，所以一下子就把桌面清理干净了。

"对不起！"

"没事，垃圾桶在那边。"

小佐内指了指我的背后。我把餐巾纸和小佐内用过的面巾纸揉在一起，丢进了垃圾桶里。

这下，所有的罪证都已经神不知鬼不觉地被毁尸灭迹了。可是，就连我自己都受不了的拙劣演技，难道小佐内一点儿都不怀疑吗？虽然我一直故作镇定，但只怕太过紧张，因此令刚才的小动作显得过于生硬。空调的冷气比刚才强劲多了，我却依然大汗淋漓。我从小佐内刚打开的纸巾盒里抽出一张面巾纸，擦了擦额头的汗水，顺便偷偷地瞄了一眼她的表情。

她貌似还沉浸在蛋糕的美味当中不可自拔，心无旁骛地一边品尝蛋糕，一边时不时地闭上眼睛，还点了点头。如果她一点儿都不怀疑，这岂不成了我的独角戏？那似乎又有点太过无趣了……不知是怅然，还是侥幸，我一边胡思乱想，一边拿起了汤匙。

不一会儿，小佐内睁开眼睛，凝视着手中的夏洛特蛋糕。

"对了，小鸠同学。"

"嗯？"

"这种蛋糕，里面隐藏着一种果酱，你知道是什么酱吗？"

我的手僵在了半空中。盘子里的这块夏洛特蛋糕，我只是刮了表面的一层奶酪而已，并没有吃到里面的果酱。所以我只好答道：

"里头还有果酱吗？我还没吃到呢。"

"是吗？"

她抬起头，和我四目相对，露出了如孩童般天真无邪的笑容。能看到她这样纯真的微笑，通常只有两种情况：一是她吃到了什么人间极品的美味甜品，二是她发现了可以让她以牙还牙加倍奉还的复仇对象。

我的背脊突然感到一阵凉意。

“可是……其实，你吃过了吧。”

6

毕竟时间紧迫，所以我并不敢说自己的行动天衣无缝，但是我自认为刚刚还算是应对自如，没有露出任何马脚才对……

然而，小佐内笑容满面地把汤匙放回碟子上，双手撑着下巴，一动不动地盯着我的眼睛。显然，她已经看穿了我的把戏。事已至此，还不认输就只是自取其辱了。

我只得举手投降。

“是的，我是吃过了。里面夹的像是橘皮果酱，非常好吃！”

“没想到‘杰夫贝克’的夏洛特蛋糕，你这么喜欢啊！”

“绝对是人间极品！”

这点我敢保证。

小佐内眯起眼睛，点了点头。

“你这么喜欢真是太好了，我也超级喜欢它呢。”

她接着说道：

“那么，你为什么要这么做呢？”

“唉……因为……因为夏洛特蛋糕太好吃了。”

“好的，这点你已经说过了。我问的是，你为什么要这么做呢？”

小佐内同学……这是要我坦白从宽的意思吗？

我抬起头望着天花板，长叹一声，然后低下头来。

“因为这里只有我和你两个人。”

对于我这说了和没说一样的对白，小佐内却心领神会，一下子就明白了我的本意。

“你的意思是，因为只有我和你两个人，所以就可以好好比一下智商，看看谁能斗得过谁？要是能骗倒我，你就觉得很过瘾是吗？”

我点了点头。这两年，我们果然没白待在一起，她对我的想法已经了如指掌了。

夏洛特蛋糕的确是人间美味，但是还不足以让我横刀夺爱，对小佐内的那份也打起主意。

我和她之间的关系，只是互惠互利而非相互依赖，所以根本没必要在暑假还见面。然而她连个解释都不给，就把地图推到我面前。而且快到约定的时间，她还放我鸽子，要我在烈日之下帮她跑腿。因而，我自然觉得她欠了我一个人情。

欠了就得还，这是再正常不过的了。所以我觉得以夏洛特蛋糕为主题，让她陪我玩一下斗智游戏也无可厚非吧。这基本上就是我的心路历程了。对于一心一意要成为小市民的我们而言，绝不会在第三者面前展现自己的智慧。但是，如果只有志同道合的我们二人在场，自然就会卸下伪装，露出本来面目了。

在事态的发展过程中，蛋糕的味道如何已然不重要了。就像川中岛之役一样，之所以会流传千古，并非是因为战斗的规模和意义，而是两雄相争的戏剧性成了人们的谈资。只要能和小佐内一较高下，吃不吃夏洛特蛋糕反倒无所谓了。

小佐内把原本撑着下巴的右手放下来，用食指和大拇指捏住汤匙，敲了一下咖啡杯，发出清脆的碰撞声。

“原本，有三块的对吧？”

“店里确实只剩下三块夏洛特蛋糕了。这是真的，我绝对没有骗你。”

“嗯，果然是三块。小鸠同学并没有买三个芒果布丁，当然啦，我不觉得你吃得下三块夏洛特蛋糕。因此，本来就只有三块蛋糕。”

接着，她又敲了一下咖啡杯，这次的力道比刚才要大一些。就像法官敲响手中的木槌一样，咖啡杯发出“咣”的一声。

她的脸上笑开了花，接着她补充道：

“好啦，这下……暑假你得陪我把昨天那张排行榜上的甜品店统统吃个遍。要从第十名一直吃到第一名哦！”

愿赌服输，我也露出了笑容。

准备回家的时候，我还是忍不住问道：

“我有一点想不明白，我到底是在哪个环节露出了破绽呢？你怎么会那么轻易就知道蛋糕原本有三块？”

小佐内眨了眨眼睛，像是对我的浑然不觉嗤之以鼻似的，噘起嘴巴说道：

“还用说吗？因为你用面巾纸擦了汗呀。”

我有做这个动作吗？

“在打翻咖啡之后。”

对啊，我想起来了。

“小鸠同学刚从外面进来的时候，是用自己的手绢擦汗的。可是，当我挂了电话回来之后，你就改用面巾纸擦汗了。所以我就猜到在我不在的这段时间里，你一定用手绢擦了什么东西，因此不能再用来擦汗了。”

我哑然失笑。在小佐内面前露出这样的破绽，当然会被立刻识破了。就算我能当一个逻辑严密的名侦探，却当不了滴水不漏的犯罪嫌疑人。

“手绢是用来擦东西的。但是如果用来擦了别的东西，就不能再拿出来擦汗，而且你还不想让我知道擦了什么东西。如果并非如此，你完全可以直接用纸巾去擦这个东西，根本没必要弄脏手绢。就算小鸠同学再怎么客气，打开一盒面巾纸应该没什么大不了的。这个房间里，除了巴伐露奶酪，我实在想不出还有什么东西是你不想让我知道的，连擦过它的手绢都不敢拿出来了。”

我的口袋里塞满了东西，有蛋糕托盘、玻璃纸，还有手绢。当时我用汤匙把沾在蛋糕托盘和玻璃纸上的奶酪刮了下来，刮不干净的部分就用手绢擦拭干净了。我怕打开盒装纸巾来用，会让小佐内猜到我擦了什么东西，所以让盒装纸巾一直保持在未开封的状态。我也不敢用餐巾纸擦，怕一不小心破坏了现状。如果我自己随身携带了纸巾就好了，可偏偏今天并没有带。在“杰夫贝克”我就发现自己没带纸巾，可是刚要伸手去取，结果却没拿到，这就注定了我今天的失败。

事实上，在那之后，我把大麦茶倒进咖啡里时，也是用手绢来擦拭洒出来的大麦茶的，根本就没有再挽回的余地。我已经无颜以对了。

我的心里还是有点不服气，伸手去关大门时，又问道：

“如果刚进门时，我没用手绢擦汗，你是不是就不会发现了？”

小佐内思考了片刻，点点头。

“应该吧。不过……我要是完全没发现的话，你肯定会给我点暗示吧。完全是你压倒性的胜利，这个游戏也太无聊了吧。对不对呀，小鸠同学？”

我才不会呢！我就是一个普通小市民。

我把门关上，走出了小佐内家。在猛烈骄阳的暴晒下，路上滚滚的热浪向我袭来，我又立刻热出了一身汗。

我抬起头来，眯着眼睛斜瞅着这夏日的骄阳。没错，一切都是这酷热造成的。

半杯奶昔

1

如果一个熟人的行为举止突然不同以往，那自己肯定会感到奇怪，会猜测对方究竟发生了什么事情。如果这种异常行为一而再，再而三地发生，难免会让人担心对方是否发生了什么重大变故，从而改变了心境。再者，如果这样的异常状况一直持续，反而会让人开始产生自我怀疑，不由得想审视自己，看看是不是自己并没有那么了解对方。

我对小佐内的态度，正一步步按照上述情况发展着。

现在是高中二年级的暑假。我和她其实并没有任何不得已的理由非要在校外还见面，然而这个假期我们就已经见过好几次了。一个星期前，她莫名其妙地塞了一张自己制作的“精选甜品指南的夏季版”给我。后来借着夏洛特蛋糕，我和她进行了一场智力比拼。然而，我因为一个低级错误马失前蹄，只能愿赌服输，时不时就会被小佐内叫去陪她。这个礼拜，我已经陪她去吃了“甜品指南”上“十佳单品”中第六名的“水蜜桃千层派”和第九名的“宇治金时冰沙”。这些不愧是被小佐内选中的精品，每一样都令人回味无穷。可是，令我百思不得其解的是，她并不是那种不好意思一个人进甜品店的普通小女生，那她为什么一定要叫我作陪呢?

今天，我又收到了她的召唤邮件。

“今天要去‘LAROCHE’和‘银扇堂’之间的那家店，三点半店门口见。”

我查了一下“小佐内精选甜品指南的夏季版”上所附的地图，“LAROCHE”在我们木良市的东北以北，差不多要到和临市交界的位置了，而“银扇堂”则位于西南以西，也差不多快到郊区了。那么，位于这两家店之间的店……我用铅笔在地图上画了一条直线将两家店连起来。位于这条直线上的甜品店有两家，一家就在“LAROCHE”旁边，另一家则位于两者的中间。所以，今天的目标应该是后者。

这家店名叫“BerryBerry”，是位于三夜路的分店，店内的主打甜品是“冰西瓜鲜酪乳”。八九不离十，她说的就是这家店了。

她的邮件明显是想考考我，可这问题也出得太简单了吧。

我骑着自行车，赶往目的地，可是越走越觉得不对劲，不禁皱起了眉头。

这个暑假，我们隔三岔五就一起去吃甜品，现在还故意发这种开玩笑的邮件，怎么看都像是男女朋友在交往一样。

我小鸠常悟朗也是一个身心健全的高二男生，不可能对女生一点儿兴趣都没有。只是，对象是小佐内的话……这个，说得好听点，我是没有福气了，怕太过刺激。当然，抛开这一点，她的确无可挑剔。虽然我喜欢的类型是外表比较成熟的御姐型，但是小佐内有小佐内的魅力。倒是以我的个性，她能看上我，是我上辈子修来的福气吧。

只是……这和我所认识的小佐内也差别太大了吧。今年夏天她的种种举动，完全超出我的想象。难道是我对她不够了解，还是……

绿灯转红灯，我把自行车停在了路口，喃喃自语道：

“还是，她有什么阴谋？”

我敢赌十美金，她一定是有什么阴谋！

2

店如其名，“BerryBerry 三夜路店”这一行字正对着三夜路。三夜路是从车站延伸至市中心的一条南北走向的大马路，这家店应该就位于车站旁边。

我来得有点早。当我把自行车存放到公共停车场，弄清楚那家店的准确位置之后，也才两点半而已。距离约定的时间还有一个小时，于是我又走回车站。

今天太阳被厚厚的云层遮住了，日晒没那么猛烈，不至于把人烤焦，可毕竟是八月，依然热浪逼人。车站前偶尔会有几个初中或高中生模样的年轻人经过，但人数屈指可数。木良车站附近，本来就没什么适合年轻人玩乐的场所，因而车站前就变成了换乘公交车的中转地了。我面前刚好有一辆公交车停了下来，几个乘客从车上走了下来。这个时间段，应该不会有太多人出行。

我还没傻到接下来的一个小时就这样站在烈日底下发呆，当然要找个阴凉地，最好是有空调的地方去消磨时间了。再说现在我肚子也饿了，得找个合适的地方填一下肚子。上次去小佐内家就是没吃早餐和午餐，今天我又偷懒，因此错过了午饭。

到哪里去找合适的店呢？木良车站附近本来就没什么适合年轻人

玩乐的场所，所以像我这样的年轻人对这一带并不熟悉。我环顾四周，发现一家汉堡店，刚好可以进去垫垫肚子。

汉堡店的玻璃门上并排贴着两张海报，一张是店内的“夏季限定特惠套餐”，另一张是“三夜路夏日祭典”的海报。虽说是“夏日祭典”，但其实并没有什么祭祀活动，纯粹是商业街搞的促销活动罢了。海报的一角落款写着“主办单位：三夜路振兴会”。按照往年的惯例，三夜路在当天会禁止车辆通行，整条街变成步行街，摆设各式各样的摊位。小学的时候，我还挺期待这里的活动的。

“欢迎光临！”

自动门一打开，迎面而来的是店员那灿烂的笑容和空调清凉的冷气。真是太舒服了。

“请问您要点些什么呢？”

店员看起来像是暑假来打工的高中生，和我年龄相仿。我看了一眼菜单，说道：

“要一个吉士汉堡。”

“请问您要什么饮料？”

“不用了。”

“要不要来份薯条？”

“不用了。”

“我们现在有新推出的夏季限定特惠套餐，您要来一份吗？”

“不用。”

“好的，一个吉士汉堡。”

我只是一个高中生，财力有限。现在还要陪小佐内到处去吃甜品，预算都得先迁就这件事，其他的只得能省则省了。

托盘上孤零零地放着一个吉士汉堡，被端了出来。我看了一下托盘里的垫纸，除了一张介绍这家汉堡店的生菜是有机栽培的、番茄是特约农场进货的宣传单外，还有一张“三夜路夏日祭典”的传单。整张传单上印着三夜路的地图，上面标注着通往站前的整条路上会有哪些摊位。其中一家摊子的名字有些眼熟。“村松屋”的焦糖苹果？好像在小佐内的甜品指南上排名颇靠前的。不过，不回家看一下原件我也不敢百分之百肯定。

我开始找座位坐下。虽然现在已经是两点半，早就过了饭点，但是店里的人并不少。坐在最里面的一群人，扎着脏辫、穿着黄黄绿绿的花衣服，颇有点雷鬼的风格（**注：指玩摇滚乐之人的一种特有的夸张打扮风格**）。他们的头都挨在一起，像是在讨论什么生死攸关的大事。坐在旁边桌子的情侣，偷偷瞄着雷鬼团体那一伙人。他们的心情我很理解，我也很好奇那伙人到底在干什么。吧台式的单人座位上也坐着几个人。我先看到一个说不上是作摇滚风还是嬉皮风打扮的小个子在喝着奶昔。他穿着一条牛仔短裤，上面搭配了一件纯手工制作的皮背心，而且明明在室内却戴着一顶皮帽子，帽檐压得很低，遮住了眼睛。对于只想安稳过日子的小市民来说，不管是雷鬼还是嬉皮，当然是有多远就躲多远了。我端着托盘坐到离他们有一定距离的靠窗位置上，刚把吉士汉堡从纸袋里掏出来准备咬上一口，突然有一个声音叫住了我。

“嗨！”

在隔着两个位子的座位上，有一张我熟悉的面孔。

这家伙本来就肩宽背厚、人高马大的，这一年来好像又长高了不少，看起来更加高大威猛、气宇轩昂了。在他高大身形的映衬下，他坐着的那张旋转椅看起来太不般配了，小到像是要被他压塌似的。他的发尾留长了一些，前额的刘海和头顶的短发向上抓起，更增添了几分型男范了。格子衬衫搭配着工装裤，不算很时髦却也不老土。只是与生俱来的国字脸还是老样子，仍旧给人一种张扬跋扈的感觉。不过，我看他本人对此并不太介意。

原来是堂岛健吾，我的老朋友啊……没想到在这种地方也会碰上他，我还真是时运不济呢。既然他都已经叫我了，我也没法装作不认识。于是不情不愿地应了一句：

“啊，是你呀！”

“真是好久没见了。”

“因为我们不同班嘛。”

健吾没再回应，只是抓起几根薯条，一口气塞进嘴里。

他的餐盘上有汉堡、咖啡、薯条，还有几个鸡块，他点的应该就是这家店的夏季限定特惠套餐。他瞥了我一眼，又将视线转回正前方，继续盯着窗外的站前风景。他压低嗓音，小声问道：

“你也是来调查的吗？”

“调查什么？”

“原来不是呀。”

“我只是还没吃午饭，来填填肚子的。”

他一脸不爽，嫌弃地嘟囔了一句：

“是啊，我怎么忘了，你是立志要当白痴的嘛。”

有没有搞错！我和小佐内可不是要当白痴，我们是立志要当小市民！不过我也懒得跟他解释，因为小市民才不会大张旗鼓说自己是小市民呢！

健吾和我是小学同学，所以刚上高中的时候，他对我的印象还停留在小学时代，以为我还是原来那个自认为观察力比别人更敏锐，爱耍小聪明且自以为是的家伙。因此，他遇到问题，还期待我像以前一样像个侦探似的去推理破案。然而，我早已今非昔比，不搞那一套了。

按照健吾的说法,以前的我虽然是一个讨厌鬼,但并不算一无是处。可现在成天一副谨小慎微的样子，一看就是别有用心，不知处心积虑要干什么。

该说的他都说了，我也明白他的意思，可是我们的想法相差十万八千里。话不投机半句多，在无谓的人身上浪费时间，这不是小市民应有的做派。因而，我和他有一阵子完全没说过话。他似乎并未留意到，我是有意敬而远之的。

不过，总的来说，堂岛健吾这家伙还是很不错的!

所以，我也犯不着一见面就剑拔弩张，像要干仗似的。

我满脸堆笑，热情地问道：

“健吾，你这是在调查什么事件吗？”

“是啊！”

“是校报的调查呀？”

“不是，是我自己的事。”

他依旧面朝着窗外，又补充了一句：

“不过，这事和你没关系。”

很好，正中我下怀。他不说，我是绝对不会主动追问的。

我还以为话题就此打住了，于是继续吃我的吉士汉堡。没想到健吾却盯着窗外继续说道：

“……不过这事关乎我们学校的一个女生，名字我就不便透露了。”

咦？这是要告诉我的意思吗？可是我并不想知道啊……不过，我还是“哦”了一声，礼貌性地进行了回应。

“听说她被以前认识的朋友叫了过去……但其实，她是被迫卷入其中的。”

啊，哦……

这个吉士汉堡，味道可不怎么样啊。

“她被迫进了一个团伙里。”

“什么团伙？”

一定是最近跟着小佐内到处乱吃，我的舌头被养刁了。以前的我才不会注意到汉堡的味道好不好呢！

健吾停顿了片刻，看起来并没有任何的情绪起伏，然后继续平淡地叙述道：

“是跟滥用药物有关的团伙。”

什么？

事情可比想象中要严重得多！

“被迫进入那个团伙的女生的妹妹跑来找我，问我有没有办法帮助她姐脱离那个团伙。可是她什么情况都不了解，所以我也无从下手。于是，我拜托了新闻社的朋友帮忙，去调查那个团伙到底是什么来头。”

“那些药物……是合法，还是非法的？”

“据说那些家伙中的核心人物从初中开始就干这些勾当。刚开始还只是让别人一口气喝光感冒药或是安眠药……现在，发展到什么程度，就不得而知了。我们现在还在调查中，如果只是之前那样，情况还不是太严重，不然的话……”

从刚才开始他就一直紧盯着外面，八成是在跟踪侦查吧。一个高中生要去干私家侦探的活儿，可真是难为他了！

健吾瞥了我一眼，微微一笑。

“怎么样？常悟朗，看来你很有兴趣嘛。”

“哪有，我怎么会感兴趣……”

“是吗？”

小市民怎么会去触碰这么危险的事情呢？我毫无兴趣，一点儿都没有。他完全猜错了！我转过头，又啃了一口我的吉士汉堡。

只不过……这事，我好像在哪里听说过。我所谓的听说过，并不是听到周围有人说什么“都什么年代了，合法的药物，吃一两颗有什么关系”这种话，而是我在上初中的时候，同年级的同学里就有这样的团伙。好像是几个女生组成的，后来初三刚开学的时候，她们就被收容管教了。健吾现在正在调查的事情，该不会就是她们干的吧？

到底要不要把这个团伙的事情告诉他呢？我有点犹豫。我已经发誓不再卖弄小聪明，不再随便掺和别人的事情了，而且也不想被健吾嘲笑是“江山易改，本性难移”。可是，明明知道却故意隐瞒不说，好像也有点说不过去。

不过，搞不好这事他早就知道了。虽然他和我上的不是同一所初中，但这件事鹰羽中学的学生无人不知无人不晓。他交友这么广泛，肯定会有一两个朋友是从鹰羽中学毕业的吧。

为了拖延时间，借机权衡权衡，我又问道：

“那你打算怎么帮她姐姐脱离那个团伙呀？”

健吾眉头紧锁地说道：

“要先找出那个团伙的聚集点。”

“然后呢？”

“然后带着木刀杀进去。”

哇，果然够勇猛！

他喝了一口咖啡，然后拿起一个鸡块放进嘴里，笑着说：

“这时候你是不是应该接一句‘别开玩笑了’呀？”

“啊？你是开玩笑的呀？”

真这么做的话，恐怕只会出力不讨好，还好他也知道什么可为什么不可为。

“毕竟我也不知道川俣同学本人到底是什么想法，是像佳澄说的那样被逼加入，还是心甘情愿自动加入的。现在都很难说。不过，不管怎样，我都希望能帮助她脱离那个圈子就是了。”

原来如此。加入那个团伙的应该是船户高中二年级姓川俣的女生，她妹妹的名字是佳澄！明明刚刚还说对方的名字不能透露，这会儿就自己主动曝光了。当事人似乎还没有意识到自己已经说溜了嘴。健吾同学，你还真是成大事者不拘小节啊。对于他和那两姐妹的关系，从他的语气和称呼，我也能猜个八九不离十了。

吉士汉堡已经差不多被我干掉。我好久没和健吾聊天了，没想到这次的话题还挺有趣的，不过继续听他说下去的话，只怕情况就不受控了。我决定把鹰羽中学的事告诉他就赶紧离开。

“健吾，有件事我要……”

我刚开了个头，他突然站了起来。

“对方行动了！”

“啊？在哪里？”

木良车站前虽然不至于人山人海，但人还是挺多的。所以我一时也判断不出健吾到底在看车站的什么地方，而对方又有什么动静。

“可恶！居然兵分两路……”

到底在哪里？我顺着健吾的视线望过去，并没有看到任何形迹可疑的年轻人。健吾突然从口袋里掏出笔记本，然后撕下一张空白纸，用签字笔在上面画了起来。我则全神贯注地瞪大眼睛搜寻着，看看会不会有我在鹰羽中学见过的女生经过车站前。

他一边拼命写着什么，一边严肃地对我说：

“常悟朗，拜托你帮个忙。你在这里再多待一会儿，帮我盯着看看她们有没有什么可疑举动。能待多久就待多久。”

“啊。嗯，好。”

我想都没想就应承下来了，因为我的注意力都放在了前方一个女生身上。她穿着便服，化了妆，所以我并不能确定她是不是健吾在盯梢的人。不对，好像不是。我还是不敢肯定。

“有什么发现就联系啊……我走了。”

健吾匆匆忙忙地冲出店外，我仍旧紧盯着那个很可能是追踪目标的女生。距离太远，我无法看得很清楚，所以仍然不太确定究竟是不是她。

健吾三步并作两步跑出去，转个弯就不见了踪影。希望他能见好就收，不要穷追不舍。虽然他长得孔武有力，但就我所知，他可不是什么百炼成钢的战士，更没有以一敌十的武功。

我耸耸肩，拿起他刚刚留下的字条。他叫我有什么发现就联系他，可是……

我把字条拿起来，上上下下看了个遍。然后又反过来，对着阳光再看了一遍。我简直惊诧得下巴都快掉下来了。

“这是什么？”

纸条上只有一个字——“半”。

3

我一头雾水地拿着这个莫名其妙的“半”字愣在原地。健吾前脚刚走，我的手机就收到了邮件，是小佐内发来的。

“嗨，我是小佐内。”

这还用说吗——我内心的对白还没说完，手机上又收到一封邮件。

“我现在就在你身后。”

总是神出鬼没，难道小佐内是幽灵吗？我坐在靠窗边的位置，通过玻璃的反射就能看到背后的风景，然而我并没有看到小佐内的身影啊……

我身后只有刚刚和雷鬼团体一样被我敬而远之的嬉皮士。嬉皮士还是穿着那件搞不清楚是无袖外套还是背心，总之看起来像手工缝制的摇滚风皮上衣，戴着一顶大沿皮帽，手上拿着……一个装着奶昔的纸杯。

虽然我还没有辨认出这个人就是小佐内，不过我的原则是但凡戴着帽子的小个子突然出现在我面前，那就是小佐内同学本人了。果然，影子倒映在窗户玻璃上的嬉皮士慢慢把帽子取下来，我们的视线通过玻璃的倒影对上了，她微微一笑。齐肩的波波头，细细的眼睛，小小的嘴巴，果然是小佐内由纪。

我没有回头，只是对着玻璃上的小佐内报以微笑。

“今天这打扮真是别出心裁啊！”

“是不是很不搭呀？”

她在我身后问道。

呃，硬要说的话，其实……

“还挺适合你的。”

“你这么说，我都不知是该高兴还是难过了。不过，没关系，等一下我换一套衣服，我们再去吃甜品。”

她看着我旁边那个刚才健吾坐过的座位问道：

“这个托盘，我可以收走了吗？”

我看了一下，托盘里还有几根薯条。

“应该没问题吧。”

“那我就收走啦。”

她麻利地把托盘送回餐具回收口，然后在我旁边坐下来。

她把手里拿着的奶昔放到桌面上，微微一笑，说道：

“你果然猜到我指的是‘BerryBerry’呀！”

看来，她的确是有意想考验我。

“哈，这么简单也想难倒我啊。”

“嗯，我就知道你一定能猜到。”

她的脸颊微微泛红，露出羞答答的表情。这是开心，还是……我从来没有看到她露出过这样的表情。

“你刚才和堂岛同学在聊什么？”

“啊，嗯。学校里出现了一个嗑药的团伙。我们初中的时候不是有过一起这样的案子吗？现在她们好像又重新组织起来了，健吾的女朋友的姐姐也被牵扯其中。”

今天走摇滚风的小佐内似乎对这件事一点儿兴趣都没有。

“啊，你是说石和驰美她们啊？”

她意兴阑珊地说。

“石和？就是那个被收容管教的女生吗？”

“对啊。”

“你怎么这么清楚啊。”

小佐内莞尔一笑。

“因为你是男生，我是女生啊。女生们的事，自然只有女生才知道。”

蛇有蛇踪，鼠有鼠路，男生和女生确实各有各的圈子。

“那么，以小佐内同学对女生的了解，这件事你怎么看？你觉得现在高中出现的这个嗑药团伙，跟那个石和同学有关系吗？”

然而，小佐内并没有回答我的问题。她只是皱着眉头，一脸为难地呆呆望着窗外，一言不发地吸着她的奶昔。

她一直吸着奶昔，中间都不曾换气，我都不禁担心她会不会缺氧。

“小佐内同学……这个，很好喝吗？”

她终于把嘴巴从吸管上移开，抬起了下巴，低头看了一眼那杯奶昔。

“你问这个，好不好喝？”

她摇了摇头，露出了难以置信的表情，像是我问了很愚蠢的问题一样。不过也确实是呢，这还用问吗？虽说不上多难喝，可是以小佐内对甜品的要求，汉堡店的奶昔怎么可能达到让她十分满意的程度呢。

她像是自言自语般悠悠地说道：

“虽然石和同学最后被收容管教，但我觉得她并不认为自己做错了什么。不过，这种团伙全市也不可能只有她们一伙人，肯定还有别的团伙，所以我也不敢肯定。”

“这么说也有道理。”

“话说回来，那是什么？”

小佐内指了指我手上的字条。

我照实念出上面的字：

"'半'。"

"嗯？"

"健吾叫我在这里再多待一会儿，如果发现她们有什么可疑举动，就跟这里联系。"

小佐内露出不明觉厉的神色。

"啊……难道这是你们两个人的秘密暗号？"

我笑着摇摇头说：

"怎么会！我压根就没搞清楚状况呢。"

没错，对于健吾留下的这张字条到底是要干什么，我也完全一头雾水。

我再次盯着这张字条。

字条是从口袋大小的笔记本上撕下来的一张纸，纸片的正面印着淡淡的格纹，背面则是一片空白。"半"字写在有格纹的正面，但并没有沿着格线写。字迹看起来十分潦草。健吾当时正急着要去跟踪某人，临走前匆匆忙忙写下这个字，所以字迹潦草也很正常。

"半"字也不是写在纸片的中央，而是紧贴着靠右的边角。看不出是故意而为，还是刚好随手就写在了那个地方。

小佐内苦闷地咬着吸管望向窗外，可见这个奶昔的味道一定不怎么样。突然，她放下吸管说道：

"会不会是带有'半'字的地名、人名或是号码之类的呢？你回忆一下，有没有去过这样的地方？"

我仍旧低着头盯着那张字条，想了想说道：

"'半'的话，市内有一个叫作半泽町（**注：町，日本地方自治团体单位，介于市与村之间**）的地方。但如果指的是地名，那范围就太大了，而且我也没有和健吾一起去过那个地方啊。

"如果是人名，我只想到一个叫半村良的人。啊，不对，还有一个家伙也姓半村，可他是我的初中同学，和健吾并没有任何交集，就连我也没跟他说过话。

"至于号码嘛，'半'的意思就是一半？二分之一？五十？百分之五十？50:50？"

我不禁笑了起来。

"怎么可能！如果是这个意思，他直接写数字50:50不就好了？这怎么看，也不像是一个电话号码啊。"

我抓着那张字条，朝着小佐内挥了挥，问道：

"你说，是不是我从一开始就完全搞错方向了？健吾正赶时间，为了简化所以才写成了这样。而这留言简化得太厉害，所以让人不明所以。可是当时的时间还没急到非写成这样不可啊。那么，他肯定是认为我一看就会明白，所以才写成了这样。"

然而，她并没有赞同我的猜想。

"那可不好说。说不定当时堂岛同学突然灵光一现想到什么了呢？"

不知道那个奶昔到底有多难喝，只见小佐内又吸了一口，眼睛鼻子立刻皱成了一团。

"听说在无比神圣庄严的特定时刻，人就会超越自身的极限飞速地思考。”

“是吗……”

“比如……临死之前。”

“啊？你是故意用倒装句的吗？你的意思是健吾会死？”

小佐内瞥了我一眼，低下头阴沉沉地说了一句：

“小鸠同学，你玩得很开心嘛……”

糟糕！我的脊背掠过一阵寒意。此时此刻，我正试图解读健吾留下来的这张如哑谜般的字条，这又是在搞侦探破案那一套了。可我是一个小市民啊！小市民看到这种不知所云的字条，怎么会想着自己去拨云见日一探究竟呢？

我低下头，对小佐内致歉道：

“是啊，对不起！我确实早该那样做才对。”

我不再死盯着那张字条，而是掏出了手机。既然看不懂字条上写的到底是什么，那就直接问一下写字的人好了。干吗要把简单的事情复杂化嘛。我只要拨一通电话，问问健吾——“你刚刚那张字条到底是什么意思？我完全看不懂。你直接告诉我，这是要我干吗吧？”

我拨通了健吾的手机，响了一声，又响了一声。

“没人接啊。”

我挂断了电话。

“小鸠同学……你挂电话的速度也太快了吧……”

有吗？我没觉得很快呀。

很遗憾这条路走不通了。健吾不接电话，我只能自力更生，自己想办法解读这张字条了。为了帮助一名女生，健吾展开了救援行动。现在他有求于我，作为一个有责任感的人，我总不能坐视不理，见死不救吧。就算只是小市民，也要问心无愧啊。

4

我顾不得小佐内冰冷的眼神，又看向那张纸条。我的手机好像响了，可是现在我哪有时间听电话，于是直接把电话转入了语音信箱。

“会不会是堂岛同学打过来的？”

小佐内好像在念叨什么，是我听错了吧。

“现在首先应该考虑的，是通过‘半’这个字就能一目了然地得出的结论。健吾把这张字条写给我，就表示其中的含义不会仅有他一个人知道，他觉得我肯定也一看就能明白是什么意思。我相信，不管时间有多紧迫，就算是健吾这么粗心的人，也不会白痴到留下一个只有他自己才懂的信息。”

“小鸠同学，你对堂岛同学真的很过分呀。”

小佐内同学，你现在能不能不要打岔呀。我必须做出成绩来报答健吾对我的期待。

有时候人的脑子就是会突然短路。健吾认为，只要我看到这个“半”字，就会立刻明白，事实上我确实应该明白的，只是现在脑子突然短路了。半……半打？半斤八两？降半旗？

啊……还是反应不过来。如果是这么难联想的事情，直接说一声不就好了。

突然，我的脑中闪过一个念头。

“健吾为什么不直接说一声就算了呢？”

我轻轻叹了一口气，正准备要放弃的时候，小佐内说出了一种可能性。

“会特意写下来的话，通常都是因为那是说完还是很容易会忘记的事情。比如电话号码，听一遍很快就忘了，所以要记下来。”

“对呀。像是约定的时间，也会拿笔记下来。就算当场记在了脑子里，可是一转头有别的事情就很可能会忘记，所以才需要做笔记。”

“留下这张纸条的时候，堂岛同学说了什么？”

呃……他说了什么来着？

我开始努力回忆刚刚的场景，才发现我连他说了什么都已经记不太清了。当时健吾看着窗外，说了句“对方行动了”，然后叫我在这里继续帮他监视，然后呢……

“‘拜托’‘发现了什么就联系’，就是这些吧。”

“这么说来，‘半’指的就是联系地址吧。”

我双手抱胸。

“这个嘛……我也不是很确定。因为当时我正望着窗外，并没有专心听他说话。如果他是要我联系‘半’的话，那……”

小佐内低下头看了看手表。我看着她，不禁暗想：做戏做全套，小佐内的打扮还真是一点儿都不含糊呢，她的黑色皮表带和那件皮背心真是很般配啊。

“现在是三点。他会不会是叫你三点半跟他联系？”

“你觉得呢，会是这样吗？”

小佐内摇摇头。

“如果是这样，那他直接说‘三点半联系我’不就好了？”

没错，就是这样！所以说，这个“半”字的意思是……

“这简简单单一个字，应该浓缩了几句话也无法说清楚的信息，或者是一下子无法记住的大量信息……如果我没猜错，解开这个谜题的关键就在这里了。”

“半”，就一个汉字，三个音素。如果我这个信息接收方都完全猜不出是什么意思，那很难想象这个汉字真的包含着“一下子无法说清楚”的大量信息。

既然如此……

“会不会这根本不是‘半’字，而是一个形似‘半’字的符号呢？”

小佐内又是一副痛苦不堪的表情，很显然她又喝了一口奶昔。我实在看不下去了，干脆直接阻止她。

“那么难喝，剩下就剩下吧，不必勉强喝的。”

“小鸠同学，你这个建议真是太棒了！”

这值得她拍手称赞吗？

她把装着奶昔的纸杯推到自己完全够不到的地方，将视线移回到字条上。

“不是‘半’的话，会不会是‘羊’？”

“这不只是字形有点像而已，有何意义？”

“那‘坐’呢？”

“连字形都不像了。”

如果只是一个汉字，似乎无法包含“几句话没法说清楚”的信息量。虽然有的汉字一个字就有无穷的深意，但“半”显然并不属于这一类。

“不是汉字的话，那像不像数学符号的‘≠’加上一个英文字母‘V’呢？”

“所以呢？”

“没有啦……就这样啊……”

小佐内已经懒得陪我猜了，只是自顾自地眺望前方。

她还不明白问题所在。这可是健吾留下来的字条啊。他这人怎么可能会想那么多，还让我们费那么多心思去解读呢？思考方向应该更直接才对。

我拿起字条再看一遍。

“等等……这是？”

原本我以为那里只是健吾写得太用力了。

“这里，有点奇怪。”

我也不管小佐内有没有看我这边，便指着形似“半”字的符号，准确地说是指着“半”字的上半部分。

“第一笔和第二笔看起来很奇怪。”

如果是汉字“半”，按笔顺来写，第一笔和第二笔是左边的一点和右边的一撇，两笔要接着中间的一竖，或者要写在那一竖的左右两边。可是在健吾留下来的纸条上，右边那一撇却穿过了中间的竖，直接和第一笔的一点连在了一起。

以字形来看,整体很不协调,看着相当别扭。当然,如果写得很用力,也有可能写成这样……

从这个角度来看,两条横线也写得很奇怪。如果是“半”字,下面一横应该比上面一横长一点才对。可是健吾的这个字,两横几乎一样长……不对,下面一横看起来反而还短一点。

“右边一撇穿过了中间的一竖,下面一横看起来还短一点……”

我模仿着健吾纸条上的“半”,用手指在桌上写下同样的字。可是怎么写都写不好,下面的横线倒是可以写得短一点,但是第一笔和第二笔怎么写都不像健吾写的那样。这真的是一点和一撇吗?

不对。

费了半天劲儿,全搞错了。我这才恍然大悟,这根本就不是什么“半”字。

“我明白了。”

一直望着远方的小佐内终于回过头来,把视线转回到我身上。

“什么?”

我在桌上写下一个近似“≠”的符号,然后在上面画了一个像英文字母“V”的钩。

“如果只是一个汉字,能够传达的信息量不可能远大于口头传达。但是,如果是图形,情况就不同了。这是一张地图。有两个十字路口,健吾在第二个十字路口的地方打了一个钩。健吾不是叫我跟这里联系吗,意思应该是叫我跟在这个位置的人联系吧。”

我真是做了太多无用功了。打从一开始就认定这是“半”字，所以后来想到或许不是“半”，却还是一直困在“文字”的固定模式里走不出来。

然而，小佐内的表情并没有放松下来。

“地图啊，有可能……问题是这是哪里的地图呢？”

这个……

有两个十字路口，可以和健吾取得联系的人正在第二个十字路口待命，随时准备行动。这个人有可能是川俣佳澄，或者是帮助健吾调查的新闻社同学。

可是，还有一点。木良市市中心的道路基本上都是呈棋盘状分布的，也就是说，不管哪个位置都有一堆十字路口。

而且，也不可能是“沿着眼前这条路一直往前走，所看到的第一个十字路口”。因为，现在正对着我的是车站前的公交车中转站，刚好是一条死路，并没有可以往前走的直路。

“啊！难道又搞错了？”

小佐内从我手中接过健吾留下来的字条看了看。

“没错，我也觉得就是地图。你说这是个‘半’字，我怎么看都觉得这个字写得好奇怪。但如果说是在十字路口上打了一个钩，笔画看起来就自然多了。”

健吾写字很用力，而且每一笔都收得工工整整。很难想象他是怎么运笔的。连小佐内都觉得这样说得通，看来这次没猜错。

既然如此……

“哪里是地图的起点呢？”

“你是说‘半’的起点？”

“我是说这张地图的起点。”

然而，正如我刚开始检查过那样，字条上除了“半”字，什么都没写，背面也是一片空白。除此之外，还有一个明显的特征就是纸条前端的撕痕。此外，“半”字是紧靠着纸的右边写的。

从纸条的撕痕，可以判断出“半”字的上下位置。纸条前端是原先连接着笔记本的部分，所以打钩的部分应该也是朝上的。如果反过来，钩就会变成了一个倒“V”。没有人会做这样的记号吧。

“小鸠同学……”

小佐内好像顿悟了什么，说道：

“我觉得吧……”

“什么？”

她直勾勾地盯着我的眼睛。这可不像她的作风。平常她一和人四目相对就会立刻转移开视线。

“我觉得，要发现这个‘半’字是一张地图，应该并不是多难的事情。既然不是字，那就是图，我们迟早会意识到这一点。只是小鸠同学认为这是堂岛同学写的，所以自己应该立马就能反应过来，结果反而不停地切换思考模式，费了功夫。”

这番话真是直戳我的痛点，事实正如她所言。

“所以呢，现在回到堂岛同学画这个图的原点，就能分析出这个地图到底指的是什么地方了。”

嗯……说得有道理。

健吾留下的区区一张地图，我竟然看了半天都看不懂，的确让我觉得很不甘心。但是正如小佐内所说，正是因为那是健吾留下来的字条，我才一时疏忽乱了阵脚。

“我懂了。先让我静一静。”

根据我的经验，想解锁难题时切不可太过专心。但是，在梳理思路，找到问题的核心时就必须集中精神，要仔细思考每一个环节，把问题点集中起来。相对的，一旦进入攻坚阶段，就必须分散注意力才行。当然，也不能完全松了那根神经，还是要保持适度的紧张感，只是要拓展思考的方向。就像在黑暗中看东西一样，眼睛一直盯着视野范围中心的物体反而无法看清，因此为了看清楚，眼睛就会切换到用周边视觉去扩大视野进行观察。要想抓住事情的关键，就要先拓展思维。把问题从里到外都看透，才能找到真相。

我慢慢将思维扩散，刚刚因为太过投入而被忽视的盲点也逐渐显现出来。这种感觉太好了——我不禁暗暗感慨。我真的太久没用这种思考方式了……

这张地图的起点是哪里呢？在当时那种情况下，健吾是料定我一看就能明白，所以才画下这张地图交给我。

不对，他并没有交给我。

在我的记忆里，他并没有亲手把那张地图递过来，而是我自作主张拿起来的。

没错，地图原本是放在桌子上的。

“原来如此，怪不得我看不懂……”

我不由得叫出了声。

“是这样的！”

我把地图挪动了一下。

我眼角的余光看到小佐内的嘴角上翘，她笑了一下。

5

离开这家店之前，小佐内拎着一个运动背包走进了厕所。

她出来后，已经脱掉原先那件有点破烂的皮背心，换了一件牛仔马甲。虽然只是换了一件背心，下半身的短裙和穿在里面的衬衫都还和原来一样，可刚刚那种诡异的摇滚风便已荡然无存。她将刘海左右不对称地分开，然后用发夹夹了起来。小佐内由纪马上变身为一名运动美少女。这样一来，一起走在街上也不会觉得丢脸了。没想到她竟然会随身携带变装用的衣服，她的包里该不会还带着忍者的夜行衣吧。

出了汉堡店，我们沿着三夜路，朝与车站相反的方向径直走去。三夜路与繁华的商业街还有一段距离，所以一路上总觉得有点沉闷，少了些活力。不过，周围的商家倒还不至于快要倒闭。体育用品店的隔壁是一个小神社，再过去就是“村松屋”。我问小佐内，这家的焦糖苹果是不是入选了她的甜品排行榜，她甜甜一笑点了点头。

走过书店和派出所，就是三夜路的尽头。再往前走，就不属于三夜路了。我从口袋里拿出两张“地图”。

一张是健吾留给我的字条，另外一张是汉堡店托盘里垫着的那张“三夜路夏日祭典”的宣传单。我把广告宣传单和字条叠在一起。

可想而知，健吾怎么可能和我斗智斗勇呢。人家画的本来就是一张一目了然的地图。他准备冲出汉堡店的时候，刚好看到托盘里这张印着三夜路地图的传单。于是便从笔记本里撕下一张纸，继续把地图补完，用于指示我接应他的人就在三夜路再远一点的地方。

这是一个再平常不过的举动了。

然而，我并没有好好把健吾的话听完，健吾也没有再跟我核对一下，我就把纸条拿了起来。于是，纸条离开传单，好端端的地图就变成了一个莫名其妙的“半”字。

“半”字下面那条横线，指的是过了三夜路再往前直走的那条路。“半”字之所以会紧贴着纸条的右边，是因为要贴着传单的左边一起去看。穿过印在传单上的三夜路，在第一个十字路口的地方右转。下一个十字路口处打了一个钩，所以那里就是目的地了。

我们走到打钩的十字路口。那里有一个加油站，还有一家咖啡馆。

这间咖啡馆的面积不大，名叫“Chaco”。嘎吱一声，我推开了彩绘玻璃的大门，走了进去。一位亭亭玉立的女服务生在吧台微笑着跟我们打了招呼。

“欢迎光临！”

小佐内一如既往地躲了起来。

我摆了摆手说道：

“不好意思，我是来找人的。是堂岛健吾叫我来这里的。”

接着，一个声音从被盆栽挡住的包厢里传出：

“堂岛学长，出什么事了？”

出现的是一个穿着淡粉色衬衫和牛仔裤的女生。她的头发短短的，有几处挑染过。五官十分秀气，身材也很纤细。她就是川俣佳澄吗？还是新闻社的同学？这个不重要，只要确定接应健吾的人在这里，我的任务就算完成了。

“健吾让我找的就是你啊。他好像发现了什么，然后就跟在那些人后面去追踪了。”

“是吗？那他人呢？”

“我也不知道。我知道的就这么多，你们继续加油吧！”

我都不知道自己说这些有什么意义，说完后就走出了“Chaco”。

除此之外，我也不知道自己还能说什么。健吾叫我发现什么异状就和这里的人联系，可是我连要监视的对象是谁都还没搞清楚。

所托非人，怪不得我了。

我看了看时间，应该还是能够按照约定三点半到达“BerryBerry”的。于是，我沿着三夜路往回走。

小佐内也紧跟着我一起往前走。

“你果然还是破解了！”

我头也不回地答道：

“嗯……算是吧。”

“你明明说过不再做这种事的。”

我挠了挠脸，说道：

“说是说过。不过，反正又没有人看到。而且，其实这一次并不算违反小市民的做法。在那种情境下，不管是谁都想解开那个字条的谜团吧。只是恰好被我碰上，然后解开了而已。”

我和小佐内有过约定，要互相掩护，而且如果有一方试图做出与小市民不符的行为举止时，另一方应当予以阻止。

我并非强词夺理。不过，她基于约定提醒我，也是理所当然。一直以来都是这样的。

然而……

“……”

“怎么了，小佐内同学？”

一阵沉默之后，小佐内的嘴边挤出一丝笑容。

“是呀，你说得也有道理。”

听她这么说，我也露出了笑容。可是，我心中却涌现出一个大问号。

我总觉得好像有哪里不太对劲。我试图破解健吾的那张字条时，小佐内非但没有阻止，反而好像在一旁敲着边鼓推波助澜。

还有她脸上那抹奇怪的微笑。当我好不容易搞清楚健吾想传达的意思时，她似乎笑了一下。我一直以为，我已经对她有了一定的了解。对她的思考方式和行为模式，我说不上了如指掌，但也算是知道个大概了。

然而，也许一切都只是我的一厢情愿而已。以我对她的了解，完全没办法解释她这次的反应。

在我解开谜题的瞬间，她为何会那么兴高采烈呢？

我背后传来了小佐内欢欣雀跃的声音：

“小鸠同学，今天的冰西瓜鲜酪乳，我请客！”

特辣大碗汤面

我把冷气开得足够大，独自窝在客厅的沙发上悠闲地看着小说。今天就我一个人在家，所以也没多想，就随便穿了一件运动上衣加一条短裤。虽然稍显邋遢，不过反正是在自己家，又没别人看到。如果还是觉得热，就算只穿一条底裤也无所谓。不过我倒不会真的穿成那样。

这个暑假，我被小佐内拉着到处转悠，还好今天她总算没安排任何节目。我们的甜品巡礼速度不是一般的快，暑假才刚过半，就只剩下排名前三位的店还没去了。最惨的是那次去吃第五名的“特制圣代冰激凌”。她说环城公路服务区的餐饮店有超级好吃的圣代，于是不由分说就拖着我去了。然而实际路程真不是一般的远，根本不是骑自行车就能去到的距离。夏天本就昼长夜短，可我们在三点的下午茶时间出门，吃完冰激凌回来太阳都已经下山了。所以，今天就让我休闲地好好过一天吧。

我正在读的这本书，其实在看之前并没有对它抱太大期待，然而没想到吃完早饭才翻了几页就停不下来了。故事并不是异常的精彩纷呈，但作者巧妙地安排了一些伏笔，一环扣一环，引人入胜。平淡无奇的文章，却让人爱不释手，我看着看着竟然连午饭都忘了吃。原来让人一口气想看完的好书就是这样的啊！剧情终于要进入高潮，虽然之前已经隐约感觉到故事中处处都有铺垫，但还是猜不透到底哪里才是真正的伏笔。主角的命运究竟会如何？正当我万分期待地翻到最后一章的大结局时，却被硬生生地打断了。

电话铃响了。手机被我丢在了自己的房间，所以响的应该是家里的固定电话。居然敢在这个时候打扰我，要是卖保险之类的骚扰电话，你们就等着瞧吧……我心不甘情不愿地从沙发上爬起来，拿起了听筒。

“喂？”

“请问是小鸠同学家吗？我是堂岛。”

啊，你这家伙还真是会挑时间啊！平时一整年都不会打一次电话过来，偏偏在我要看大结局了你就打过来。我毫不掩饰心中的不爽，不耐烦地说：

“健吾啊！什么事？有事直接发邮件就好了嘛。”

可惜我忘了对方可是堂岛健吾啊，即便我的语气与平时完全不同，表现得极其不耐烦，他都毫不介意。

“我打了你手机，你不接。”

“我哪知道。手机又不是24小时放在身上的。”

“你在干什么？”

“我在用功。”

“啊？用什么功？”

我叹了一口气。现在整个气氛都被他破坏了，还是等到夜深人静，没人打扰的时候再好好享受我的大结局吧。

“你管我，说吧，找我有什么事？”

应该是很重要的事吧。就算再怎么把标准放宽，我都算不上是他很要好的朋友，所以如果不是紧急的大事，他应该不会打电话给我，而且还是特地打到家里来。该不会是问我上次在汉堡店监视的结果吧，我一直都没向他汇报后续情况呢。

“你吃午饭了吗？”

“还没。”

“是吗？我刚好要去吃汤面，一起去吧。”

你说什么？

居然是约我吃饭？哈哈哈！你开什么国际玩笑！

我清了清嗓子，咬牙切齿地说道：

“哈哈，这个笑话真好笑！说吧，你找我有什么事？”

听筒那头传来健吾愤愤不平的声音：

“谁跟你开玩笑啊！算了，详情你来了再说。我请客，快点来。”

“要去吃汤面啊……”

“常悟朗，你小子该不是想说‘天太热吃不下拉面’吧。快点带上擦汗的毛巾过来！店里可是很热的。”

虽然陪小佐内到处去吃甜品也是一份苦差事，但至少可以在精致时尚的店内，两个人面对面说着“好好吃呀”“嗯，真好吃呀”这样甜蜜的对话。现在倒好，要和一个虎背熊腰的家伙，在大热天里一边吃汤面，一边拿毛巾擦汗。这落差也未免太大了吧！健吾请我吃面啊，我真是开心到要哭了。

“你说去了再说，说明还是有事要说的嘛。那就在电话里先说清楚嘛。”

今天已经够热的了，如果店里更热，我岂不是……

然而，健吾莫名其妙地说了一句：

“别问那么多，你就赶紧过来吧。我就想找人发发牢骚。”

原来是要发牢骚呀。

我简直要笑喷了，“想找人发发牢骚”——这说法还真符合健吾的风格啊。别人就算到最后也是发牢骚，但没人会一上来就预告说“我要开始发牢骚了”。真不知道是该称赞他单纯，还是要笑他傻气。健吾这样的个性实在难得，为表敬意，我决定——

“好吧，我去。是哪家店？”

“‘金龙’，你知道地址吗？”

我知道。那家店就建在船户高中旁边，是典型的臭男生们才会去的拉面店。一进门，就是一排包着塑胶布的回转椅。在之前和小佐内去过的“樱庵”，我们可是坐在风雅的实木桌旁，一边聆听着庭院的惊鹿之声，感受着水流禅心，一边品味着日式冰激凌啊。这让我情何以堪。

“我大概三十分钟后到。”

说完，我挂了电话。

没想到今年夏天我这么受欢迎。先是小佐内，现在连健吾也指名要约我出去。不过，身为一个男人，去吃拉面比去吃蛋糕正常多了，也更符合我的小市民身份。只是，和健吾在一起，就别想着还能坐在桌前继续看我的小说了。

和冷气开得足够强劲的客厅比起来，烈日炎炎的屋子外边，简直就像铄石流金的地狱一般。我骑着自行车来到健吾说的那家拉面店门口。一栋年久失修的老房子，裂痕斑驳的墙壁上挂着写了“金龙”二字的招牌，招牌四周围着一圈一闪一闪的黄色灯泡。我乖乖地听从健吾的忠告带了毛巾，可是直接拿着一大块毛巾走进人家的店里实在太奇怪了，所以我只带了一块能够揣进口袋的小方巾。

健吾早已双手抱胸像个门神一样站在了店门口。他身上穿着一件蓝白相间的橄榄球服和一条卡其色的裤子。他穿上橄榄球服，感觉就像是真的橄榄球运动员一样。

他撇着嘴瞪着眼，看我把自行车停好，说道：

“你来啦！”

“不好意思哦，要你破费啦。”

“难得请你一次，要吃到撑为止啊……进去吧！”

健吾煞有介事地说完，松开手臂，推开了门。

“欢迎光临！”

刚一进门，老板就气势十足地大声招呼起我们。

厨房里站着一个身穿白色厨师服、满脸胡楂的男人，比健吾看起来还要魁梧。

“来两碗大碗汤面，特辣的！”

健吾的嗓门也不输老板。

“好嘞！两碗特辣大碗汤面！”

什么？特辣？

“等等！健吾，我吃不了那么辣。”

我的后背被重重地拍了一下。

“放心吧！辣不掉你的舌头。”

“你可能不会，我可就难说了。”

“吃不死人的！”

死是死不了，可我就带了一块小小的方巾，够用吗？

还好，桌子最里面那台和我差不多高的空调正给力地运作着，店内并不像健吾说的那么热。

此时早已过了午饭时间，店里一个客人也没有。我们找了一个回转椅挨着坐下。

在通话时，我就觉得健吾有点奇怪，见了面之后，这种感觉更加明显了。平日里，健吾这家伙总是板着一张脸，说话大大咧咧，做事粗枝大叶，又不懂得察言观色以及顾及别人的情绪。就像这次这样，他不管三七二十一地把我从家里硬拖出来，就完全是他会做的事情。今天的健吾，情绪似乎异常亢奋。可是怎么看都不像是心情特好，反而更像是自暴自弃。可能就是这样，所以才会把我叫出来听他发牢骚吧。

健吾用湿毛巾把手擦了个遍，大方脸上莫名其妙地露出一丝微笑。这个笑容很瘆人，完全不像他的风格。

“不好意思，突然把你叫出来。”

“可不是嘛。”

“反正你也没事干吧。”

“谁告诉你的？你以为啊，今年暑假我可是忙得很呢。”

健吾眉头一皱，说道：

“你很忙？真的吗？”

“当然……只是今天刚好没有安排节目。小佐内同学时不时就约我出去，今天去吃圣代，明天去吃芭菲之类的。”

等等，圣代和芭菲有什么不同吗？

“小佐内同学啊。”

健吾一听，扑哧一声笑出了声。

“你们感情可真好呀。”

这能算是感情好吗？按照我和小佐内的关系，她这么频繁地找我出去显然很不寻常。不过，我很难将这里面的种种向健吾解释清楚，说了他也未必能听懂。这个暑假已经发生太多这种莫名其妙的事情，我也差不多麻痹了。

我耸耸肩反问道：

“说你的事吧，你不是有话要跟我说吗？”

“嗯，对呀。我想来想去，如果要发牢骚，你是第二合适的人选。”

“第二？那第一是谁？”

“第一就是挖个洞，说完了，再把洞填起来。”

这可不是一个好办法。到时候洞上面长出芦苇来，风一吹，健吾的牢骚就会随风散播到各处了。不过，把我排在第二位也很令人费解。

“你干吗不和你女朋友说呢？对了……她是不是姓川俣啊？”

健吾整个人都僵住了，我以为他是不好意思了，然而似乎并非如此。

他自嘲般地叹了一口气说道：

“川俣才不是我的女朋友呢，而且我想说的事情就跟她有关，总不能把自己的牢骚直接跟当事人说吧。”

说到这里，他猛然抬起头来问道：

“你怎么会知道川俣的事？”

“什么我怎么知道，不是你上次在车站前的汉堡店告诉我的吗？”

“是我说的呀？”

“对啊。你说川俣的妹妹……叫什么来着……佳澄对吧？你说佳澄拜托你去跟踪那个什么团伙的啊。”

“我连这个都说了？”

他歪着头，像是在拼命回想自己当日的言行。那天他应该是在完全无意识的状况下不小心说出来了，所以一点儿印象都没有也很正常。

我把手肘撑在红色的吧台上。厨房里，老板正把一大份蔬菜、青椒、红萝卜、洋葱、白菜和豆芽菜什么的一股脑地倒入炒锅，菜一进油锅立刻发出噼里啪啦的响声，溅开了花。

“所以呢？那个女生对我们大名鼎鼎的堂岛健吾同学做了什么？”

“呃……”

他还是一脸无法释怀的模样，用左手抱住右拳，重重地打在桌子上。

“我不记得自己将她的名字告诉过你啊，我只记得和你说过，有个朋友被坏人缠上了，我想看看怎么帮她摆脱出来。”

“这个你也说了。”

健吾犹豫了一会儿，嘟囔了一句：

“结果被怼了。”

可怜的健吾！

“太可惜了，不过既然人家是自愿加入那个团伙的，你也没办法硬把她拉出来呀。”

“如果是这样，你觉得我会这么沮丧吗？”

我稍微想了一下。以健吾的个性，那个叫川俣的女生自甘堕落非要误入歧途，而他又无能为力，应该也会感到十分沮丧吧。

“嗯……我觉得你会啊。”

空气中开始弥漫着炒菜的香气。老板上下翻动着炒锅，煤气炉和炒锅相互碰撞着，发出一阵乒乒乓乓的响声。

健吾苦笑了一下。

“你这小子，该不会以为我还像小学时那样吧？”

“嘿，这句话不是我对你说的吗？”

“她要是自甘堕落要去嗑药，这种人我才懒得管她。其实，刚开始她妹妹找到我时，我也担心她会不会是自愿的。要是人家不领情，我也没有必要再自讨苦吃了。”

老实说，他会说出这番话，还真是大大地出乎我的意料。这和我认识的那个不撞南墙不回头的堂岛健吾，完全不像一个人嘛。但是既然他本人都抗议了，看来我也必须修正一下对他的看法了。

“可问题是，川俣本人其实打心底想摆脱那些人。常悟朗，你是鹰羽中学的吧？你知道你们学校有人因为嗑药被收容管教吗？”

“我知道啊。我本来还在想要不要告诉你呢。”

“搞什么嘛。你果然知道啊。哼！”

健吾愤愤地哼了一声。其实，我本来就没打算隐瞒此事，只是没能当机立断，错过了说出来的时机。

这时，老板一阵忙乱。这也难怪，店里只有他一个人，一边炒着菜，一边还得把汤舀到碗里，另一边还得煮面条。从头到尾，全得他一个人搞定。而且，面还不能煮得太烂，菜也不能炒过头，火候都得拿捏得刚刚好。幸好现在就我们两个客人，他勉强还能应付过来。要是到了用餐高峰期，那还不得天下大乱。这时，我才发现墙上贴着一张纸，上面写着一行大字“急征帮厨，待遇从优”。

“那个被收容管教的团伙头头好像叫石和，她一直怀疑是川俣告的密才害她被抓了。结果今年她终于抓到了川俣，于是就狠狠地恐吓了她一番。听说，那女的用扳手还是棒球棒打了川俣呢。”

把人往死里整啊！虽然扳手有大有小，但不管怎样还是够狠的。

“后来，对方发现并不是川俣告的密，但是川俣已经被吓得半死，不敢逃离她们的控制了。我好不容易调查到这一步，可是……”

健吾仰天长叹一声。

“我真是没辙了。我去劝她，可是她完全不信任我。刚开始还以为我是石和派去套话的呢。我多管闲事也不是第一次了，可像这样寸步难行，完全没有进展的情况还真是头一遭。”

“不是她妹妹拜托你的吗？你干吗不直接说出她妹妹的名字呢？”

“我当然说了。我还直接让她妹妹和我一起去找她。可是你猜她怎么说……她说：‘我知道我妹很担心我，可是你光是叫我离开，你可以二十四小时在我身边保护我吗？’‘我要是敢瞒着石和，不声不响地甩掉她们，她们真的会杀了我的。’……她都吓成这样了，你觉得我还能只是云淡风轻地说一句‘别怕，由我来保护你’吗？再说，事实上，我确实也不能像漫画里那样，她招呼一声就立刻出现。而且，我也没有义务真做到那种地步……结果，我就只好灰溜溜地回来了。”

我长叹了一口气。

健吾真是太不容易了。就算是帮小女朋友的忙，能做到这一步也很不容易了。虽然最后并不能说服川俣，但这事换了谁也无计可施吧。

“所以，你才情绪低落？”

健吾摇了摇头。

“不是。虽然我的确不能帮上什么大忙，但我也不是那种碰一鼻子灰就会立刻缴械投降的人。后来，我想看看还有什么能帮得上忙的，就跑去找她，结果……常悟朗，你猜她跟我说什么了？”

不说也知道，他肯定被嫌弃多管闲事了。

“她嫌你多管闲事？”

“不是……她说我很碍眼，不要干扰她。”

啊！

他呆呆地望着老板把面条捞出、用力甩掉面汤的一整套动作，自嘲般地喃喃说道：

“我就是成事不足败事有余。我并没有粉身碎骨都要救出川俣早苗的决心，所以才会被她说成是伪善……”

这对健吾有点不公平。他这人正义感十足，所以才会插手去管一些不该管的事情，当然有时难免还没想清楚就先行动了。可是，对于他这种纯粹的热情投入，我倒是喜闻乐见的。对于这样一个人，怎么能随便扣上伪善的大帽子困住他的手脚呢。这种话用来讽刺那些冷血自私的家伙才大快人心啊。

健吾的牢骚，差不多发完了。这时，特辣大碗汤面也已上了桌。我们面前各放了一个白色的大碗。

“二位久等了，你们的特辣大碗汤面！”

装面的碗大得像一个洗脸盆，里面的蔬菜堆得像一座小山一样，几乎完全盖住了下面的汤和面……

就算在夏天一点儿胃口都没有，当看到这一碗带劲的面条摆在面前，也忍不住食指大动、垂涎欲滴了！

我一边伸手去拿筷子，一边说：

“这样的事情也是在所难免吧。船到桥头自然直，你也别想太多。我就不客气了，开吃吧。”

我一边嘴上说着这些毫无意义的安慰话语，一边用手掰开一次性筷子。健吾看着我，微微点了点头。

“对不住啦，浪费你时间。”

我正想叫他不要放在心上，猛然想到了一件事。

“对了，健吾，你为什么会觉得发牢骚找我就对了呢？这事就算不能告诉川俣佳澄，你不是还有很多新闻社的朋友吗？”

“这个嘛……”他若无其事地说道，“新闻社的那帮家伙，都太好了。我要是和他们发牢骚说了这事，他们一定会想尽办法来证明我做的是对的。你就不同了。你不会替我打抱不平，也不会胡乱地安慰我一番，只会随便听一下就算了。”

这么说我也太过分了吧！

如果只是想找一个对象听自己诉苦，那直接到庙里对着神像说不就好了。堂岛健吾这家伙，对我的态度也太差劲了吧？

健吾说完，用力地拍了一下自己的大腿，拿起筷子，大声说道：

“喂，常悟朗，怎么样？你看这面香不香？每次我想大吃一顿的时候，就会来‘金龙’。全天下没有比这里的汤面更带劲的了。”

“好啦，好啦，我知道啦！安安静静地吃你的面吧。”

“不说了，开吃！老板，再来两碗米饭。”

两碗？给我也要了一份吗？

行吧，吃就吃！我先移开堆得像小山一样高的蔬菜，用勺子舀了一勺汤底，小心翼翼送进嘴里。

啊！好辣！

乖，给你糖吃

1

那晚，等差点被撑破的肚皮好不容易恢复正常，我便急不可待地看完小说的最后一章，心满意足地迎来最终的大团圆结局。准备睡觉时，已经差不多晚上十一点了。这时，放在床上的手机突然振动起来。我原本想着要是邮件就明天再看，没想到手机一直振个不停。我赶忙把手机拿起来，原来是小佐内打来的电话。

健吾打电话给我已经很稀奇了，没想到一年都不会通一次电话的小佐内也打来了。上一次和她通话是什么时候来着……我不停地往前追溯，还是一点儿印象都没有。难道这是小佐内第一次给我打电话吗？想必是什么急事，我颇不安地接起电话，耳边立刻传来小佐内急切的声音——

“啊，小鸠同学，你睡了吗？不好意思啊，这么晚打电话给你。”

“没事，我还没睡。”

“今晚好热啊，热得我都睡不着。”

毕竟还是夏天嘛。不过，小佐内家的房子，在中产阶级里可算是豪宅了，而且她的房间里肯定也装着空调啊，她怎么会……

“出去吹吹风会好一点吧。那个……你是有事找我吗？”

“嗯，是有点事。”

她的语气隐隐约约透着一点儿不安。

“那个，小鸠同学，你前几天是不是说过要和我一起去逛三夜路的夏日祭典？”

“啊，嗯。”

我含糊地回应了一句。的确，前几天吃完“小佐内精选甜品指南的夏季版”上第四名的“冰激凌双球”之后，在回家的路上我们讨论过此事。补充说明一句，当时我屈服于小佐内的淫威之下，只能点了黑芝麻和豆奶的冰激凌组合，但是我内心深处更想好好享受一下抹茶单球。不过，能入得了小佐内法眼的甜品果然名不虚传，黑芝麻和豆奶的口味都出乎意料地好吃。

那天，她不动声色地问我“三夜路夏日祭典”当天有没有什么安排，我就云淡风轻地答了一句：“应该，没有吧。”

也许是留意到我随意敷衍的态度，小佐内又郑重其事再度确认了一遍：

“你确定那天没事？肯定没问题？”

“没事啦！那天我有空，我会去的。”

说完，电话那头的小佐内像是大大松了一口气似的，声音变得柔和。

“真的呀，那就好……我还以为我还没和你约好呢……”

我换了一只手拿手机。

“你这么想去啊？”

“当然啦！”小佐内的声音里充满了激情，“必须去！”

“是什么东西这么吸引你啊？不是我泼你冷水啊，那不过就是一般商业街为了做宣传搞的活动而已。”

“你听我说——”小佐内像是在教育三岁小孩似的一字一句地娓娓道来，“‘三夜路夏日祭典’确实只是普通的商业街宣传活动。可关键是，‘村松屋’就在三夜路上啊。在我们这里，如果要买日式糕点的话，‘村松屋’绝对是毋庸置疑的第一选择。这可是世人皆知的常识啊。”

这是哪门子的常识啊？

“对了，我给你的那张地图上可是标了‘村松屋’的，你有印象吗？”

“确实有，我知道。”

在汉堡店遇到健吾那天，我看到那家店，它主打的是……

“你是不是说他们家的焦糖苹果很好吃？”

“没错！”

我想象不出来此时电话那头，小佐内会是什么样的表情。

“本来焦糖苹果只能说是糖果，不该列入甜品指南的。可是‘村松屋’的焦糖苹果与别家的不同。我向你保证，是完完全全不一样的。”

“哦……”

“一年仅此一天，只有在‘三夜路夏日祭典’这天，专卖日式糕点的‘村松屋’才会在店门口制作并出售人间美味——焦糖苹果哦。他们家用的苹果都经过精挑严选，特选口感比较酸的品种，在客人下单后才开始削皮。他们家的焦糖甜味恰到好处，既不会让你觉得不够香甜，又不会甜到齁嗓子，而且绝不添加任何人工色素，就是自然的金黄色，薄薄地在苹果上淋上一层。那种酸中带甜的绝妙滋味，绝对会颠覆你对焦糖苹果的认知。”

颠覆我对焦糖苹果的认知？有没有这么厉害……

“今年夏天，我也推荐了不少店了。可要是没让你吃到这里的焦糖苹果，就算不上介绍过真正有价值的店！”

所以，这家店才是真正有价值的店吗？那么，我应该正襟危坐跪拜聆听才合适啊。

看来，我还是没能向小佐内同学传递正确的信息，其实我并不是那么喜欢吃甜品。不过，她这么期待“村松屋”的焦糖苹果，我也没有必要泼她冷水。

我小心翼翼地说：

“我也好想见识见识啊。明天我们就直接约在那边见面吧？”

小佐内沉默了片刻。她是不是正说到兴头上，因被我强行打断很不爽啊？我暗暗担忧。不过，还好，紧接着她的语气又变得沉着冷静了。

“不，不要约在那边。你先来我家一趟，然后我们再一起过去。那就这样……下午一点钟，来我家。”

“一点对吧？好的，明天见！”

“绝对不能放我鸽子啊！”

“嗯。”

我正要挂电话，她又补充一句：

“它将是这个夏天最绚烂的‘花火’，会成为我永恒的回忆。”

但愿明天会是美好的一天吧。

八月十八日，晚上十一点二十分左右，石和驰美接到了川俣早苗打来的电话。川俣向石和报告了小佐内由纪十九日的行程安排。

在电话里，石和把组织内部策划的方案通知了川俣。川俣绕了几个大圈子，试图说服石和中止这项计划，然而，川俣哪里是石和的对手，在石和面前，她根本就说不上话。

和川俣通完电话之后，石和又发邮件通知其他成员，针对第二天的行动下达了指令。而这封邮件就保留在石和以及收到该指令的团伙所有成员的手机里。

当晚，木良市的气温居高不下，成为今年最令人难以安睡的炎热夏夜。

2

从昨晚开始天空就阴沉沉的，到了早上云层变得更加厚重。对举办活动而言，这样的天气实在不是一个好消息。不知是不是昨夜的闷热暑气还未消散，一大早就热得让人透不过气来。再加上，昨天硬塞了那么大一碗超辣汤面，直到今天早晨我的胃还是感觉很胀。

约定的时间是下午一点。就算再怎么不舒服，也还是得吃点东西才行，不然只怕胃会更难受。我象征性地啃了一片吐司就出门了。虽然可以料想到，一到晚上的活动时间商业街上不一定能找到停车的位置，我还是决定先骑着自行车去小佐内家。

明明没有出太阳，可气温依然一直飙升，我只想一动不动地原地瘫倒。还好我早早就出门，时间非常充裕，足够我慢慢磨蹭，我有气无力地踩着自行车的脚踏板缓缓前行。光是小路上一段短短的上坡就把我累得半死。

半路上，我实在忍不住，还跑到便利店享受了一下冷气，时间在不知不觉间流逝。当我到达小佐内家楼下时，已经是约好的一点钟了。这周到底是什么日子，他们两人都对我这么无礼。昨天是健吾不管三七二十一就把我硬拉出去，今天变成小佐内毫无理由就放我鸽子。

不过都已经到她家楼下了，总不可能就这样打道回府吧。我索性坐电梯到了三楼，按下她家的门铃。应声而出的不是小佐内，而是一位眉眼和小佐内十分像的女士。

我以前几次来小佐内家，每次都只有她一个人。虽然对她家的情况并不了解，但听她说过她父母都忙于工作。我还一直以为，她是故意挑家人不在的时候才约我来的。所以本以为今天也是如此，当换了一个人来开门，把我吓了一大跳。

看我一脸讶异，那位女士先开口说道：

“欢迎欢迎，你是小鸠同学吧？”

真不是我故意奉承，要不是我一早就知道小佐内是独生女，我一定以为这是小佐内的姐姐。

“啊，您好！我是小鸠。那个……您是小佐内同学的……”

那位女士温婉可亲地莞尔一笑，说道：

“我是她妈妈。”

果不其然。小佐内之所以会看起来像个小学生一样，比实际年龄小那么多，完全是源自她妈妈的遗传啊。面前这位女士，怎么看都不像有个已经读高二的女儿了。说她像个高中生有点勉强，但要是换件衣服之后说她是大学生，绝对不会有人怀疑。

不过，小佐内的笑容和她妈妈截然不同。小佐内的笑容，基本和温暖二字无缘。

我微微鞠躬示意：

“您好！请问……小佐内同学……由纪同学在家吗？”

小佐内的妈妈把手放在脸颊上，满脸抱歉地说道：

“那孩子出去了。真是不好意思啊，我想她马上就会回来的。”

“她出去了呀。”

明明是她说下午一点集合的。唉，算了，也许是临时有什么事吧，这也无可奈何。那现在怎么办？是晚点再过来，还是直接改在三夜路碰头呢？正当我犹豫不决时，门已经向我大大地敞开了。

“她说了，要是小鸠同学来了就请他进来等一下。请进来等吧！不好意思啊，就是屋子有点乱。”

“不了，我……”

“来吧！别客气。”

既然小佐内交代她妈妈让我进去等，就表示她应该马上就会回来吧。虽然有点尴尬，但强硬拒绝的场面也不好看。我含糊地说了声“谢谢”，进了屋。

我径直走进客厅。

空调开得足够强劲，因此我那和外面气温一起飙升的烦躁指数立刻下降。环境果然很重要，只是凉快一点儿，心情就会立刻变得这么舒畅啊。

果然如我所料，刚刚在门口，小佐内的妈妈说什么家里很乱，完全只是客套话。也许屋子里真有地方很乱，但至少客厅是干干净净、整整齐齐的。他们家的东西很少，再乱也乱不到哪里去。她妈妈招呼我坐下，然后笑容可掬地端出一杯冰凉的大麦茶。我喝着大麦茶，紧接着突然发现，以前总觉得小佐内家太干净了，干净到一点儿生活气息都没有，简直就像酒店一样，可是今天的感觉却完全不同。房间还是原来的样子，东西也没有增加，所以让人感觉没有生活气息的是小佐内，而非这个房间本身。我总觉得小佐内有些奇怪。

当然，我和她是半斤八两，我也好不到哪里去。我们小市民计划的核心，就是要把这些不太正常的地方给矫正过来。

她妈妈又端出了一盘年糕片。真是不好意思，让她这么费心款待——我端端正正地坐在茶几前，心中暗想。

“谢谢你经常照顾我们家出纪。”

她妈妈客气地向我低头致意。我正准备规规矩矩地客气回应一句：“哪里哪里，是小佐内同学对我照顾有加。”

然而……

这是怎么回事？空气中为何有种微妙的紧张感？小佐内的妈妈虽然在笑着，但同时似乎正在上上下下地打量我。虽然并不是明目张胆地盯着我看，但是我切切实实感受到了她热切的目光，就连我拿起或放下杯子的手都成了她关注的焦点。

不管怎样，先拿笑容应对，然后再容我细想。不过我很快就意识到原因是什么了。显然，父母当然想知道围在自家可爱的独生女身边打转的，到底是蜜蜂还是苍蝇。她妈妈接下来的话更是印证了我的猜测。

“还好还好，是一个像样的好孩子。”

非常荣幸，能入得了您的法眼。但是，我想您误会我和小佐内同学的关系了……我们故意制造这种假象，就是想以此作为校园生活的保护伞。但如果连家人都误会了，就有点得不偿失了。

她妈妈并不知道我内心的想法，只是继续说道：

“那孩子实在太文静了，我一直担心她在学校里跟大家相处得好不好呢。我和她父亲都要工作，所以总是没什么机会好好跟她聊聊……”

“您放心吧……”我安慰道，“她朋友好像还挺多的。她的个性活泼开朗，大家都很喜欢她呢。”

虽然表述稍微夸张了一点儿，但也都是实话。在学校里，小佐内的个性不属于讨人厌的类型，就我所知，应该没人和她过不去。然而看似朋友很多，却没到可以一起共度暑假的交情，这点我也一样。

“是吗？放了暑假，我看她时不时半夜还在打电话，我想她一定是交到好朋友了，总算放心不少……只是没想到她的好朋友是男生，把我吓了一跳。”

小佐内的妈妈露出了安心的表情。我从来没有听小佐内提到过她家里的事情，所以总觉得这样背着她和她妈妈聊起她的事情有点不太好。

我看了看手表。

“请问您知道小佐内同学去哪里了吗？”

“这个，我也不知道啊。”

她妈妈又是一脸歉意，把手放到了脸颊。

“她中午之前就出去了，说是要去买点东西，我觉得她应该快回来了……真是不好意思啊。这孩子怎么搞的啊。”

被我一问，小佐内的妈妈显得十分过意不去。

“中午之前就出去了呀。”

我们约定的时间是下午一点。中午之前的话，至少也是十二点之前，也许是更早的时候。那就是说已经去了一个多小时了。

这就奇怪了。她说去买东西，可是我们等一下就要去繁华的商业街了。要是想买东西的话，到时和我说一声再顺便去买不就好了。她并不是那种会处处有所顾忌的人啊。

所以，她这时候出门，极有可能真的只是在附近买一些东西而已吧。并不是很远，因此还是赶得上约定好的时间。可如果是这样，在附近买个东西要花一个小时以上就有点说不通了。

我把我的推论重新整理一下，结论如下：

小佐内应该是去买一样这附近没得卖，但又不方便跟我一起去买的东西。

好吧，类似这样的东西，我随便也能想出一两样。她买好了应该就会回来了。虽然有点尴尬，我还是继续拿笑容当掩护，再坐一会儿吧。反正她妈妈也没有兴师问罪，盘问我跟她女儿到底是什么关系，我也不必严阵以待吧。

之后，我们又继续坐在客厅里聊了一些有的没的。小佐内的妈妈像是怕再度陷入尴尬的沉默之中似的，一个接一个地把话题丢给我，我也滴水不漏地一一作答。主要都是问一些小佐内在学校里的情况，可是并没有什么有意思的事情值得大肆宣传的。如果她要问我小佐内初中时的情况，就有许多趣事可以讲给她听了，可惜她又不问。

不知这样的对话持续了多久，在我们聊到小佐内的班主任时，电话铃声响起。

我还以为是手机，但原来是客厅里的固定电话。

“啊，不好意思，我接一下电话。”

小佐内的妈妈站起身，拿起放在电视机旁的电话。

“您好，这里是小佐内家。”

我长吁一口气，喝光了杯子里剩下的一点儿大麦茶。再看了看手表，已经过了一点半。我是不是应该给小佐内发一封邮件呢？

我正要掏出手机，突然……

耳边传来一声尖叫。

“你，是谁！”

我看向小佐内的妈妈，她大惊失色地紧握着话筒，刚刚礼貌性的微笑早已消失。她的神情异乎寻常，把我吓了一跳，我不禁怔在原地。

问完对方是谁之后，她拿着话筒没再说一句话，像是全神贯注在听对方讲话。我也竖起耳朵仔细听了听，但是只听到空调吹出的阵阵风声。

突然，她又大叫一声：

“等等！让我听听她的声音！”

然而对方似乎完全没有理会她，她缓缓挂了电话。

看样子发生了什么大事。我小心翼翼地开口问道：

“那个，发生什么事了吗？”

“我女儿她……由纪她……”

她喃喃作答的声音没有一丝力气，但似乎并没有乱了方寸。她转身又把话筒拿了起来，用快速拨号的方式拨出一通电话。

十秒、二十秒……四十秒、五十秒，等了半晌，对方并没有接电话。她终于放弃，把话筒放了回去。这时，她才像是刚发现我一样愣了一下。

“小佐内同学怎么了？”

虽然小佐内的妈妈在尽力保持镇定，但是她的语气里依然带着掩饰不住的慌乱。

“这一定是一个恶作剧！是谁在搞这么恶劣的恶作剧……他们说，由纪在他们手里，要给他们五百万日元才会放人。那个声音怪怪的，像是用了什么变声器。”

用钱去赎人？

这该不会是……

我的声音也不由自主地提高了八度：

“你是说……小佐内同学被绑架了？”

小佐内的妈妈好像还没反应过来绑架意味着什么，她不知所措地愣在原地。

过了一会儿，她朝我点了点头，六神无主地环顾了一下房间，而后说道：

"对……就是这样，由纪……被绑架了。"

石和团伙于八月十九日中午十二点五十分左右实施了针对小佐内的攻击计划。她们根据川俣的信息，安排了三个人埋伏在木良市本吉町三夜路上，在发现了形单影只的小佐内由纪后，将她团团围住，并拉到小巷里进行言语威胁。然后，硬拖着她的手臂，将她带至车站前的停车场内，并逼迫她上了事先停在那里的轻型客货两用车，然后将她带走。

在这个过程中，小佐内因为恐惧将身体缩成一团，对石和团伙的质问也答非所问，极不配合。在被带上车时，她进行了激烈抵抗，于是被石和殴打，不得不就范，放弃了反抗。

事情就发生在繁华的商业街上，当天因为要举办"三夜路夏日祭典"，所以一切车辆禁止通行。路上人来人往，然而当时没有路人伸出援手。而负责在街道出入口维持交通秩序的警察，也没留意到这一突发事件。

3

无法跟小佐内取得联系，又接到勒索赎金的电话，在确认她被绑架后，小佐内的妈妈做出了教科书般的正确应对方式。首先，她给自己的老公打了电话，告诉他有人绑架了他们的女儿，然后她立即打电话通知警方。我还是第一次亲眼看着别人拨打110报警呢。虽然以前我也打电话报过警，但当时我是直接拨打派出所的号码。

“我刚刚接到一个电话，说我女儿给他们添了麻烦，所以被他们抓起来了。如果想她平安无事地回来，就要准备五百万日元给他们……是的，我试过了，但是一直没办法联系上她。”

之后，我就被赶出来了。当然并不是她妈妈直接赶我出来的，而是人家的女儿都被绑架了，我还怎么好意思就那样继续待着呀。

绑架。

人被拐走通常都是被诱拐，即被花言巧语拐骗。但是小佐内可不是会被花言巧语拐走的人，所以极有可能是遭遇到了暴力绑架。

不过，人到底是如何被拐走的并不重要。

重要的是，她被绑架了，那罪犯的目的是什么？

我脑中的第一反应，是怀疑此事的真实性。我想，还有一种情况，这一切可能只是几个谎言再加上一些巧合而已，这很有可能是一起针对小佐内家的电信诈骗。如果是这样，小佐内的妈妈毫不犹豫立刻报警，诈骗犯就已经徒劳无功了。

现在无法确认小佐内是不是真的落入歹徒的手中，所以一切都不能断言。当然，我也不希望这是真的。

同时，我也隐隐担忧，如果她真的被绑架了，她现在是不是平安无事呢？类似的报道实在太多了，大部分的绑架勒索案最后都以撕票的结局收场。呸呸呸，我这张乌鸦嘴。

然而，真正堵在我胸口的，并不是这些具体的问题，而是一种不真实的感觉，以及不寒而栗的恐惧。

“小佐内……”

我从三楼坐着电梯离开她家。我捏了捏自己的大腿，的确有痛感，但不知是不是因为电梯下降的失速感，腿脚好像没什么知觉。

在这之前，我和小佐内虽然也遇到各式各样的“麻烦”，但因为我们的人生目标是当一个平凡老实的小市民，所以绝不会主动招惹麻烦。因此一直以来都是“麻烦”主动找上门来，我们不小心被卷入其中。而且那些“麻烦”很多时候都是我们的臆想把危险夸大了，但是并不会真的性命攸关。

与生俱来的个性导致我们比较容易招惹麻烦，所以我们都会小心谨慎地避开真正的危险。在初中时期，我们各自品尝了种种苦果之后，已经得到了足够的经验教训，学会了如何自我保护。所以这一年多的高中生活，过得还算安稳。

然而，这次的事件可一点儿都不小，完全没法让人安稳。它不像上次健吾留下的那张“半”字纸条那样，就算想不出来，搁在那里也没关系，可以毫无顾忌地任意发挥。更不像我和小佐内为了一个夏洛特蛋糕斗智斗勇那样，只是一个纯粹的游戏而已。真真正正地发生在身边的案件，反而让我一点儿真实感都没有，只有莫名的不安和恐惧。

而且，不仅如此……说来惭愧，当我听到小佐内被绑架的那一刻，我感觉到的，不仅仅是这样的恐惧。

“……”

站在电梯里，我按下一楼的按键，暗暗地和自己较劲：

“怎么会这样，我怎么会……”

疑惑、不安、不真实感……这些情绪的确都在我心中涌动，当然这是再自然不过的正常反应。然而，我不得不承认，除了这些情绪，我内心深处还有一股本不该有的冲动在暗涌。

这股冲动让我羞愧难当，我独自在电梯里喃喃自语：

“现在可不是你玩侦探游戏的时间！小佐内，真的被绑架了！”

刚刚听到这一消息时，我其实非常兴奋。

这可是千载难逢且求之不得的好机会。本来我就热衷于动脑筋寻找“真相”，而且总觉得能比别人更快查到实情。“棋逢敌手难藏幸，将遇良才好用功”，就算技高一筹，也要有相得益彰的舞台和题材才能将技能和才华发挥得淋漓尽致。我已经很久没有机会可以大显身手了。难得今天居然会如此凑巧让我撞上这样的案子，也不枉我这么久以来熬清守淡，忍而不发了。绑架万岁！

总之，我就是这么想的。我的这种想法总是会给别人带来伤害，让许多人感到不愉快，也让自己背上骂名，所以我才决心要隐藏锋芒，立志成为一个“小市民”。

然而，我还是控制不住自己这么想。

电梯门一开，我径直走出她家的公寓大楼。天空中阴云密布，令人烦闷的热气立刻将我团团包围。

当然，与小佐内的安危相比，这点小事根本不值一提。只是，对我来说，现在也只能乐得清闲，因为这件事应该没有我插手的余地。虽然我很擅长从记忆里找出蛛丝马迹，然后抽丝剥茧找到其背后所隐藏的真正含义，但现在什么蛛丝马迹都没有，我根本无从查起。

不过，老实说，其实还是有两三个地方有点奇怪。然而就算追究下去，也不能保证小佐内可以平安无事。既然警察已经出动了，不管是不是小市民，都轮不到我出场吧。

下了这样的结论之后，我终于可以打从心底为小佐内的平安祈祷了。小佐内由纪，我无可替代的好友。她看起来并不像一个高二的女生，歹徒为什么会盯上她呢？她是不是真的被绑架了？对此，现在我一无所知，只希望她能平安归来。但是我什么忙都帮不上……

对了，我至少可以去帮她把一直很期待的焦糖苹果买回来，等她回来的时候拿给她。

想到这里，我跨上自行车准备出发。

这时，我的手机突然振动起来。手机上收到一封邮件，发信人——竟然是小佐内！

我迅速打开手机，迫不及待地猛按按键点开了邮件。

邮件的内容，差点让我吐血。

她的邮件上写着：

“不好意思，麻烦帮我买四个焦糖苹果和一个可露丽，不好意思。”

小佐内由纪被带上的轻型客货两用车，是石和团伙的成员北条智子父亲名下的一辆车。北条并没有驾照，但之前她就时不时地偷偷开着她父亲的车出去。她父亲应该知道她是无证驾驶，却也没说什么，对此表示了默许。

车上一共有五个人。北条坐在驾驶座，另外三人坐在后座。有两名女生一左一右地把小佐内夹在中间，并不停地对她进行威胁恐吓。

小佐内当天穿着一件藏青色的荷叶边短裙和一件白衬衫，手上没有手提袋等其他物品。

尽管绑架小佐内的这伙人对她表现出强烈的敌意，但是在车子移动的过程中并没有做出什么太出格的举动。石和不断放话要干掉小佐内，但那只不过是小流氓吓唬人的狠话罢了。仅从这一点来看，并不足以判定石和是有意加害于她。

小佐内也并没有过度抵抗，只是一味地低着头。对于石和的恐吓，她也只是简单地回应着“我没有”和“对不起”。除此之外，没有主动说过其他任何话。

此外，在车上的石和对没有来参加这次行动的川俣早苗表现出强烈的不满。

车子大约就这样开了二十分钟。

4

收到邮件之后，我刻不容缓地回拨了小佐内的电话。

我屏气凝神地等着电话接通，然而只听到冷冰冰的语音提示：“您拨打的电话已关机，请稍后再拨……”也就是说，小佐内发完这封邮件之后就立马关机了，当然也可能是她到了一个信号不好的地方。

或者，还有可能不是她自己关了机，而是被别人关掉了手机。

我取消通话，又重新打开邮件研究起来。她想通过这封邮件传达什么信息呢？

只是让我帮她买焦糖苹果和可露丽吗？不，绝不可能。我们已经约好等一下就去吃焦糖苹果了，就算她临时爽约，也会写明买好之后送到哪里去才对。而且，可露丽是什么？我一点儿印象都没有。应该是一个甜品的名字。她明知道我对甜品一窍不通，还故意说出这么陌生的名字，一定是想表达什么。

如果不是要我替她跑腿，那这封邮件到底想说明什么呢？

我喃喃自语：

“是求救信号！”

换作是别人，一定只认为这是一封叫人帮忙跑腿的普通邮件，可我知道这并没有那么简单。换言之，被绑架的小佐内避开了歹徒的耳目，发了这封邮件，就算之后绑匪发现了邮件，也不会想到这是一个求救信号——不过，我知道。

刚刚在电梯里的烦闷感一扫而空。现在已经与是不是小市民无关了，如果解开这个谜题就能把小佐内解救出来，那我还有什么好犹豫的呢？

我考虑了片刻，应该说最多两三秒钟。

如果这是小佐内的求救信号，我应该怎么办才好？具体一点说，我应该把手机交给警察，等待警方的调查吗？

不行，我不认为这是一个正确的做法。我不知道警方在面对绑架案时会采取什么行动，如果他们重视这封邮件，愿意听我解释还好；如若不然，只怕会白白浪费时间。所以，现在正确的做法是，利用这封邮件先找到小佐内，然后再通知警方。要是歹徒看得不紧，说不定可以直接把她解救出来，当然我对此并没有抱太大期望。

那么，我是不是应该马上去找小佐内呢？

这也不是正确答案。因为歹徒可不一定只有一个人。如果贸然行动打草惊蛇，说不定会适得其反，反而会给她带来危险。为了以防万一，我必须再找一个帮手。

应该找谁帮忙呢……这还用想吗？平时我安安稳稳地过着校园生活，虽说朋友不算少，但肯不顾安危来帮忙的，也只有那个家伙了。这并不是一个明智之选，可是当下也只有这唯一答案了。

我打开手机，现在没时间慢慢吞吞发什么邮件了，必须直接打电话。健吾，健吾……找到了，幸好之前存了他的电话号码。

谢天谢地，堂岛健吾马上就接起了电话。

“什么事？”

“啊，健吾，你要是没什么事能立刻过来吗？”

“谁说我没事啊。”

“有事你也赶紧给我过来。”

健吾本来就很不爽，听我这么一说简直就要大爆发了。

“你开什么玩笑啊。”

我知道二话不说就叫他立刻过来，肯定会让他不爽。虽然昨天他也是这样对待我的。但现在没时间跟他算旧账兜圈子了，我直截了当跟他说道：

“小佐内被绑架了！绑匪打电话来要赎金。之后，我又收到了小佐内发的邮件。现在我打算先找到她被囚禁的地方再报警。问题是我一个人去太危险了。拜托，你过来帮帮忙吧！”

“什么情况？”

健吾的反应如我所料，他愣住了，回应的语气就像在反问“你知道自己在说什么吗”。

“我不是在跟你开玩笑，这是真的！小佐内的妈妈接到了勒索电话，现在警方正赶往小佐内家。但是能解开小佐内邮件内容的人就只有我了，可是我不能一个人单独行动，这太危险了。”

电话那头是一阵短暂的沉默。

健吾的语气不再不耐烦，他缓缓地说道：

“你就没有别的朋友可以帮忙吗？”

我这不是一直朝着小市民的方向在努力嘛。

在这期间所结识的朋友，都是在此基础上建立的友谊。只有健吾这个朋友知道其实我是一只“狐狸”，而我这只“狐狸”能够相信的朋友也只有他一人。

我没有心情再去计较这样的关系有多讽刺，只是不假思索地答道：

“没有。”

健吾也二话不说就应承下来：

“好的。我去哪里找你？”

“我家。我得先回家一趟。”

“我十分钟后到。”

“你也不用飞奔过来。我最快也得要十五分钟。”

挂断电话，我立刻跨上自行车。

我刚骑到主干道上，一辆颜色暗沉的车子开了过来。在擦身而过的瞬间，我看到车上载了一车人。

我看了一下时间，原本要花十五分钟的路程，今天因为拼尽全力一路骑回来，只用了十分钟左右就到家了。健吾还没到。

我家是一栋由老房子翻新改建的独院，我的房间在二楼。我冲上自己的房间，拿出了地图。这并不是一般的地图，而是“小佐内精选甜品指南的夏季版”。我把地图摊在家门口，在整个木良市的地图上，星星点点地标注着一些红色的记号，那都是小佐内精心挑选出来的甜品店。正在此时，健吾也到了。

他穿着一件Polo衫式样的T恤和一条破旧牛仔裤出现在我家门口。明明他也是十万火急赶过来的，却脸不红气不喘。和心跳加速，就快透不过气来的我相比，他的体力强了简直不止一星半点。

“常悟朗，我来啦。”

“感激不尽。”

我简单地道了一声谢，指着地图说：

“简单说吧，这张地图只有我和小佐内两个人有。这是小佐内自己特制的地图，里面网罗了全市最好的甜品店。还有这个，是小佐内发给我的邮件。”

我把手机递给他看。

“不好意思，帮我买四个焦糖苹果和一个可露丽，不好意思。”

我还以为健吾一定会认为这只是一封要我帮忙跑腿的普通邮件，但没想到他看完之后马上说：

“只要一个可露丽吗？”

“只要一个有什么不对劲吗？”

“可露丽，不是那种像司康饼一样的小点心吗？应该不会有人只买一个吧？”

奇怪，健吾怎么会知道这种点心的名字？我居然在常识问题上输给了他，真是不甘心。不过，现在可不是赌气的时候。

“原来如此。那这封邮件就更不可能只是单纯叫我帮忙跑腿了。健吾，你看这里，卖‘焦糖苹果’的店就在这个位置。”

我把榜单放在地图上。卖焦糖苹果的是位于三夜路的“村松屋”。

“那么，榜单上卖可露丽的店是……”

可露丽并没有入选小佐内的十佳单品。不过十名以外的店也有非常详细的介绍，她特地列出可露丽很好吃的店是……

“就是这家！‘柠檬种子’。健吾，帮我看一下‘柠檬种子’在哪里？”

健吾二话不说就在地图上找了起来。小佐内这张榜单上的店铺星罗棋布地分布在市内各个角落，有的店甚至远在郊区。而且，数量多达三十家，找起来并不是那么容易。

不过，健吾很快就指着地图上的一个地方说道：

“找到了，在这里！”

“柠檬种子”位于“村松屋”的西南方，两家店的直线距离还挺远的。这样一来，就明确这家店的位置了。我微微一笑，接下来就没什么干扰因素了。

“之前小佐内曾经和我玩过一个猜谜游戏。游戏很简单，她说了两家店的名字，然后叫我去位于两者之间的店。她都已经明说是位于两家店中间的店了，所以我一下子就找到了。小佐内一定还记得那件事。”

“是吗？可问题是……”

健吾立刻指了指“村松屋”和“柠檬种子”两家店中间点的位置。

“如果是你说的这个方法，应该就在这里吧？”

两家店的中间点是一家大型购物商城。那里人来人往，怎么看都不像适合囚禁人质的地方。

“这样啊，等一下，我去拿个工具过来。”

我冲上楼梯，从房间里拿来尺子和圆珠笔。然后，在两家店的中间画出一条长长的直线。这条线跨越了几条主干道，甚至还横穿过了铁轨。但是，不用量也能看出来，两家店的中间点的的确确就是那家购物商城。

“真的是这里吗？”

“不对……应该不是。”

“那会是哪里呢？光是说在这条直线上的某个地方，我们也无从下手啊。”

我咬着嘴唇开始思考，难道是我搞错了方向？或者，小佐内其实是想告诉我：她经过了“村松屋”和“柠檬种子”的附近，然后又被带到了别的地方？如果能够掌握绑匪的行动路线，确实对警方破案也会有很大的助益。但会是这样吗？

我再次拿起手机看了看小佐内发来的邮件。四个焦糖苹果和一个可露丽，这指的应该就是“村松屋”和“柠檬种子”没错。

不对，这封邮件里所包含的信息不止这些。

“你刚刚说不会有人只买一个可露丽，对吧？”

“不敢说大家都这样吧，我的话是不可能只买一个啦……”

不管怎样，特意写出数量应该是要表达些什么。如果只有点心名称是提示信息，那就没有必要特地把数量都明确写出来啊。

这个谜题应该不会太复杂才对。如果这封邮件真的是小佐内发出的求救信号，她一定认为我可以马上反应过来才会这么写的。如果光是解读这些信息就花了太长时间，岂不是会耽误解救她的时间，那发这样的求救信号就没有意义了。

四个焦糖苹果和一个可露丽……如果这些数字也有意义……

“试试看吧。”

我用尺子把连接两家店的直线五等分。

“四比一。假设‘村松屋’这边是四，而‘柠檬种子’这边是一的话……那就是这一带了。”

我看了看地图上我所指的地方写着“市立南区体育馆”，这个方法似乎也不对。

“市立体育馆，似乎……”

健吾一听，脸色大变。

“啊！常悟朗，你不知道吗？”

“知道什么？”

“南区体育馆准备改建，现在是等待拆除的状态。因此完全是封闭的，无关人员禁止入内。”

原来如此。

“那不正好可以作为绑匪的藏身之所吗？”

“是啊……就是啊……”

健吾摸着下巴，想了想，接着说道：

“之前我就听说常有不良分子在那个巨大的废屋周围出没。也就是说，那里也并非人迹罕至。但体育馆附属的建筑物也不少，虽然不是万无一失的藏匿场所，但是就市中心来看，确实也没有比那里更好的选择了。”

也就是说，值得赌一把去看看了。我站起身，把地图折好，穿上鞋子。

“到那边大概要多久？”

“二十分钟。”

“好，出发吧！”

我们立刻冲出家门。为了保险起见，我又打了一次小佐内的手机，果然还是关机状态。

始料未及的事态，这简直像一出滑稽的小品。

天空中依旧是厚重的云层，一丝风都没有，感觉马上就会下雨。天气热得令人无比烦躁，让人忍不住怀疑温室效应加剧的预言已经成真。我正在飞奔前往营救一个被绑架的女生，而我的交通工具是自行车，还带着一个穿着家居服就冲出门的大男孩。我拼命踩着脚踏板的样子，一定滑稽得要命。要去解救公主，不是应该有点王子的样子吗？

我和健吾刚冲到主干道上就碰上了要等很久的红灯。我们咬着牙耐着性子等到红灯变绿，然后穿过几条小路，飞也似的骑上拱形的高架桥。我们一下子在人行道上飞驰，吓得路上的行人纷纷避让；一下子又骑上机动车道，身旁呼啸而过的大卡车把自己吓出一身冷汗。

自行车的齿轮转速有限，不是你想骑多快就能骑多快的。虽然我恨不得再骑快一点，但车速有极限，我着急也没用。然而，不断攀升的气温让人倍感煎熬。我的脖子、手臂和腿，浑身上下都湿透了，分不清笼罩在身上的是自己蒸发的汗水还是空气中弥漫的湿气。一开始是我在前面打头阵，进入市中心之后换成健吾骑在前面。我虽然知道南区体育馆的大概位置，但是具体要怎么走，我并不敢打包票，还好健吾对这一带的路比较熟悉。

我们穿过位于“村松屋”和“柠檬种子”中间的购物商城，以直线距离来看的话，目的地已遥遥在望。路上的交通信号灯变红，我用力紧握手刹将自行车停下来。一路都拼尽全力地狂踩脚踏板，猛然停下来，我开始上气不接下气地喘着粗气。

一旁的健吾虽然不像我这般疲惫不堪，但额头也渗出了一层密密麻麻的汗水。他盯着红绿灯，没好气地说道：

“这样的事，去年也发生过一次。”

“什么事？”

“去年那次不也是你说小佐内遇到危险了，然后我们跑去救她吗？”

啊——

“你说‘草莓挞事件’啊。”

“什，什么挞事件？”

“啊，没有啦，那是我们的暗语。”

小佐内坚持要把那次的事叫作“春季限定草莓挞事件”。虽然我每次提到那件事都简称为“自行车事件”，但渐渐也被她带偏，直接说“草莓挞事件”了。不过，其实我们并没有时常把那件事情挂在嘴边。

交通信号灯还没变。虽然只是一条窄窄的单车道，但因为靠近购物商城，人流量巨大，想过去就得等绿灯不可。

“那次也给你添了不少麻烦，后来也没好好补偿你，我心里一直很愧疚呢。”

“小事一桩，没什么啦。只是……小佐内这人……”

健吾吞吞吐吐的，并没有把话说清楚，但我大概猜得到他想说什么。他应该是想说“小佐内由纪怎么老是碰上这种事”吧。他把话咽了回去的原由我大概也猜得到——先不管“草莓挞事件”，这次小佐内纯粹只是受害者，总不可能因为她是一匹“狼”才被绑架的吧。

“当务之急是找到小佐内。其他的事我们回头再聊。”

虽然除了等红绿灯之外也没别的事情可干，但我现在连随便聊两句的心情都没有。我看了一下手表，从出门到现在已经过了将近二十分钟。距离小佐内家接到勒索电话，已经过去了五十分钟。绑匪索要五百万日元，如果给了赎金，小佐内就能平安获释，那就要看小佐内家要不要付这笔钱了，但对此其他人也不好插嘴。

“……”

五百万日元……

“常悟朗！”

听到健吾的呼唤，我猛一抬头，才发现交通信号灯已经变绿。我踩下脚踏板正要出发，一辆抢灯位右转的车子刚好从我的自行车前端掠过。

“找死啊，混蛋！”

我骂了一句，继续跟在健吾后面往前骑。

南区体育馆是市内规模相当大的体育设施，主楼前面有一个很大的停车场。看到指示牌之后，我才发现除了体育馆，里面还有网球场、排球场、市内射箭馆等其他运动项目设施。

听说体育馆年久失修，因此不得不改建，从停车场看过去，整体的设计的确很老土，建筑物已然斑驳不堪，透着一股寂寥和荒凉的感觉。真不知道到底它已经停用了多久。健吾形容它是一栋“巨大的废屋”，感觉还挺贴切的。远远就能看到窗户玻璃上蒙着一层厚厚的灰尘，周围的树木都已经很久没有修剪过了，任由它们恣意生长着。

体育馆的入口处立着一道橘红色的栅栏。虽然也不是不能从栅栏的空隙钻进去，可是这样势必要把自行车停在这里，这未免也太过引人注目了。

“有没有后门之类的其他入口啊？”

“有倒是有……不过，我有更好的方法。”

我跟着健吾，先离开了体育馆。然后，我们兜了一个圈子绕到体育馆的旁边，穿过一条窄窄的小路之后，就看到一个小公园。隔着一道高度到我胸口左右的围墙，紧挨着的就是体育馆了。

“厉害啊！”

找健吾这个帮手，真是找对了人。

我和健吾把自行车放在大象滑梯的后面，然后翻过那道围墙。现在我们所处的位置，应该就在长方形体育馆后面的角落。

灰色的墙上，有一扇锈迹斑斑的大铁门。

“健吾，这扇门是……”

“可能是用来搬运道具器材的小门，这里应该连着体育馆舞台的后台吧。”

“打得开吗？”

“试试看吧。等一下，你看那边。”

健吾压低了嗓音，指着一栋看起来很像仓库的建筑物。不对，他指的不是那个仓库，而是墙后露出的一截车头。

我们一边观察着四周的情形，一边小跑着靠近那辆车子。

那是一辆奶油色的轻型客货两用车，车身十分干净，应该是最近才刚刚洗过车。所以，这辆没什么灰尘的车，并不是被弃置在这里的报废车辆，而是有人刚开过来的。

“难道后门没被封闭？”

“这不好说。”

其实，就算后门被“封”了，如果只是在两根杆子之间拉上一条禁止通行的胶带或是铁链，对有心要偷闯进来的人根本就不算什么障碍。想进来总有办法能进来。“封闭”的正门尚且如此，要把一辆车开进来根本不是难题。

我探身从车窗往里看了看，决定试着开一下车门。但我突然想到了一点，于是掏出手帕缠在手上，以免车把手沾上自己的指纹。但是车门根本打不开。这时，我留意到车后座的中间好像掉了一张包装纸之类的东西。

“那是……”

“怎么啦，常悟朗？”

我指着那张包装纸，说道：

“我看得不是太清楚，好像是一张棒棒糖的包装纸。”

“棒棒糖？”

这家伙知道可露丽，居然不知道棒棒糖？

“就是那种上头有一根小棍子的糖果啊。小佐内时不时会吃一根……”

健吾皱起了眉头，说道：

“该不会是有人给她糖吃，她就乖乖跟着人家走了吧。”

我的脑中立刻浮现出这样的画面：一个陌生的怪叔叔拿着一根棒棒

糖递给小佐内。“小妹妹，乖！过来，叔叔给你糖吃。”小佐内当然会拒绝了。“不用了，我自己有。”然后，对方接着说：“来，给你一块吉百利的巧克力。”“哇，好呀好呀！我跟你走。”

“在这么紧急的时候，能不能不要开这种无聊的玩笑啊。”

健吾不好意思地挠了挠头。

“不好意思！你确定就是这辆车吗？”

“还不能确定。”

我看了看前座，驾驶座并没有什么特别之处，只是这辆车的车内装饰特别豪华，还有内置的导航倒车影像。健吾拿出手机，拍下了车牌号。我心想，自己是不是也该换一台带拍照功能的手机了呀。

副驾驶的座位上一片狼藉。椅子上随手放着一个便利店的透明塑料袋，里面塞着饮料空瓶和口香糖的包装纸等垃圾。除此之外……还有一个如拳头大小的白色东西，看起来像是一个步话机。步话机，这玩意儿很少见啊。然而，并没有看到天线。难道这是……我的脑中浮现出一样东西，但是现在还不敢肯定。

“健吾，你看那个，是不是步话机啊？”

“哦？”

正在用手机处理照片的健吾靠过来，看了看我指的东西。

“我觉得不是。”

“那你说是什么呢？”

“我好像在哪里见过这样的东西……我不敢百分之百肯定啊。”

健吾不想把话说得太绝对，于是转过头来对我说：

“我觉得是一个变声器。”

我也这么觉得。我还没告诉健吾，刚才打电话到小佐内家的人声就是通过变声器处理过的。

小佐内发来的邮件中所提示的地方，禁止任何人入内，却停放着一辆汽车。而且车内还有疑似小佐内常吃的棒棒糖的包装纸，以及一个看起来像是变声器的玩意儿。

健吾问：

“要报警吗？”

感觉物证都已经找齐了……可是，目前一切都还只是我们的假设和猜测。

“保险起见，我们还是先找到小佐内再说吧。”

健吾点点头，准备往前走，我赶忙叫住他：

“还有……假如副驾驶的座位上没人，小佐内是坐在后座的话，绑匪可能不止一人，最少有两人，多半是三个人，所以我们必须小心点。”

我们屏息凝神，决定先从体育馆的主体开始找起。

涔涔的汗水沿着背脊往下滑，我想应该不只是因为天气炎热吧。

石和一伙人将小佐内由纪带到她们的根据地，然后将她的双手反绑在一张吹塑折叠椅上。

现场还有两人，不过她们没有直接参与绑架，而是守着她们的老巢等着石和回来。因此，总共有五人将小佐内团团围住。这五个人全是女生。对于绑架小佐内这件事情，似乎并不是全员赞成的。守着老巢的两人，其中一个就明显表现出对小佐内的同情。对于把小佐内绑起来的行动，她也并不是太配合，一直以消极态度表达反对之意。然而，石和把没有参与行动的川俣狠狠臭骂了一顿，再加上旁边有人不断大声地敲着边鼓，所以也没人敢冒着危险去袒护小佐内了。

这些人先是逼问小佐内，过去发生的那些事跟她有没有关系。小佐内一直顾左右而言他，对所有的指控都全盘否定。但是，她们从一开始就认定那些事情都是小佐内干的，她的一再否认只让石和认为她谎话连篇，进一步激怒了石和。然而，不否认的话，肯定会被当场就处以私刑。因此，小佐内的回答越来越简短，声音也越来越微弱。

结果，石和终于被小佐内那不温不火的态度给惹恼了，直接动手扇了她几个耳光，抽打了她的肩膀。小佐内顿时陷入了恐慌中，更加坚决地否认自己有参与那些事。接着，石和又继续殴打了小佐内的肚子，小佐内一时喘不过气来，之后石和再问什么，她都只是摇头而已了。

再这样继续下去的话，不知道脾气暴躁的石和还会做出什么更过火的事情来。事态会演变到什么地步，谁都没有把握。即便是当初赞成绑架小佐内的团伙成员，也怕这样下去会演变成更严重的暴力事件，但是如果盲目阻止，只怕会引火上身，石和会把矛头对准自己。现场的气氛越来越紧张。

在这种情况下，北条大胆给出一个提议：拿烟头在小佐内身上烫几个疤，就不愁她不老老实实交代了。石和立刻接受了她的提议。拿烟头在人的身上烫几个伤疤，既可以在被害者身上留下一生都难以磨灭的印记，又不会引发什么太严重的后果，所以团伙的其他成员也都立马对北条的建议表示赞同。

石和拿出了香烟，北条帮她点上了火。石和把点燃的香烟凑到小佐内的眼球旁边，一边怒骂着，一边研究起要把香烟摁在小佐内身上的哪个地方。

5

搬运器材的入口、靠近脚下的采光口、办公室、厕所窗户，还有正门的入口处——我们统统都巡查了一遍，没有任何一个地方的门开着，没有任何一扇窗户破了。体育馆主体旁边还有许多其他的建筑物。如果只是把小佐内绑起来丢进去，那么一个网球场的小仓库就绰绰有余了。我是不是应该和健吾分头行动，各找一边呢？可是那样就失去了两个人一起来的意义……

正当我走投无路不知所措时，突然发现一个楼梯。这个楼梯盖在体育馆的外墙上，直通二楼。

“这个楼梯是……”

“应该是通往二楼，也就是舞台上方的工作台的吧。”

这里当然也不能忽略，得去检查一下。上楼梯的入口处挂着一条铁链，不过可以轻而易举地跨过去，完全不算是障碍。上到一半，我蹲了下来。

“怎么啦？”

“你看，这里也有一张棒棒糖的包装纸……”

而且还是可乐味的。

我把整齐地折成正方形的包装纸打开，用手指摸了一下里面。

“还黏黏的。”

我和健吾对视了一眼，不约而同地加快了上楼的脚步。楼梯正对着一扇铁门。我们根本不用去想能不能打开门，因为铁门居然没上锁，还留着一条窄窄的缝隙。这群绑匪未免也太大意了。

我把手放在门把上，给健吾使了一个眼色。

健吾微微点了点头。我轻轻地把铁门推开。

我们尽可能地弓着身子，偷偷地潜入了体育馆。

正如健吾所说，这里是舞台上方的工作间，一个破烂的篮筐就躺在我们脚下。虽然现在是大白天，然而外面阴沉沉的，只有几缕不甚明亮的光线透过脏兮兮的玻璃窗照进来。即将拆除的体育馆，给人一种阴森压抑的感觉。因为长久以来一直处于封闭状态，热气都聚集在一起，体育馆里像一个大蒸笼。空气中到处都弥漫着灰尘，让人透不过气来。我差点忍不住想打喷嚏，于是连忙用手把鼻子捏紧了。

栏杆看起来像随时要断掉一样，我小心翼翼地尽量不靠近栏杆，然后向一楼望去，楼下没有看到半个人影，但是……

“常悟朗。”

听到健吾叫我的名字，我连忙用手制止他。

我听见了，有声音！而且是一个很高亢尖锐的声音。那人是在惨叫，还是在呐喊，抑或是在哀号？

“你听见了吗？”

“嗯，是女孩子的声音吗？”

是小佐内的声音……不，现在还不能断定。从这么远的距离很难分辨是谁的声音。

“怎么办？”

“终于走到这一步了，等一会儿一看到小佐内就马上报警！我走在前面，健吾你断后。”

我们沿着布满灰尘的工作间，三步并作两步一路小跑，蹑手蹑脚地朝着声音的方向前进。

在体育馆的前面，大门的正上方，有一间用铁闸门分隔出来的房间。门上残旧的塑胶牌子上写着“柔道训练室”。声音就是从那个房间里传出来的。我们走近房间，便可以听出刚刚的声音不是哀号，而是大声的咒骂。

“你还嘴硬是吧！你这小贱人，你不说话是想怎样？不给你点颜色瞧瞧，你以为老娘是吃素的吗？”

粗暴的言辞不堪入耳。我一手扶着门，单脚跪地，把耳朵贴在门上继续留意着里面的动静。健吾越过我的头顶探出头来，我们不约而同地把手放在铁门的把手上。我往右，健吾往左，悄悄把门拉开了一道缝。

房间很大，空荡荡的，一半铺着榻榻米，一半铺着木地板。榻榻米的那边以前应该是用于柔道训练的。在榻榻米的那边有一个、两个、三个、四个、五个人影。一个女生还在破口大骂，在她前面那个被绑在椅子上的……正是小佐内！

她身上穿的像是船户高中的夏季校服，白色的衬衫配着一条藏青色的裙子。坐在吹塑折叠椅上的女生，双手被白色的塑胶绳反绑着。虽然她低垂着头，完全看不到脸，但只看那波波头的发型以及和小学生差不多的体型，我敢断定是小佐内由纪没错。

绑匪一共有五个人，比我估计的还要多。但是就目前所见，全部都是女的，而且还很年轻，顶多就是大学生，搞不好跟我们一样还只是高中生。突然间，我恍然大悟。

（果然没错……）

这果然不是一起普通的绑架案。从一开始我就感到很奇怪，绑匪怎么会索要五百万日元这个金额。现在这世道，怎么会有坏人去绑架一个生活水准在中上程度的家庭的独生女，赎金却只要五百万日元的呢？当然，五百万日元也绝对不是一个小数目，我是从来都没见过这么多钱的人。可是冒着绑架勒索这样的重罪，却只要求五百万日元简直就是来搞笑的嘛。

宁愿冒着如此大的风险却只要求这点赎金，除了绑匪智商有限，我实在想不出其他的理由了。如果这不是一时冲动或是脑子进水所犯下的案子，那一定是一群平常就游走在法律边缘的小混混，自己都搞不清楚自己在干什么，就犯下了滔天大罪。所以，说白了，我一直怀疑这就只是一群小混混一时兴起而玩过头所做的傻事。

然而，不管绑架团伙是怎样的乌合之众，绑架就是绑架。小佐内身处险境的事实并没有改变。我向健吾打了个暗号，从里面悄悄退出来。在穿过工作间走到外面后，我立马掏出了手机。

我拨打的是小佐内家的电话。电话接通，响了三声、五声、十声……还是没有人接。没时间再等了，我心急如焚正要挂断电话。

“喂，这是小佐内家。”

我耳边传来一个焦急的声音。

那是一个女人的声音。不过，不知是不是我的错觉，总觉得这个声音跟之前听到的小佐内的妈妈的声音好像有点不太一样。难道是警察替她接的电话吗？或许只是我想多了。我管不了那么多，得赶紧通报当下的情况。

“喂，是小佐内同学家吧。我是小鸠，刚刚还去了您家叨扰过。我找到由纪同学了！”

“什么？”

“我现在在南区体育馆。小佐内同学就被关在已经封闭的南区体育馆二楼。绑匪是五个疑似高中生的女生。现在警察在吗？”

“喂！”接电话的还是同一人，但对方突然变得声色俱厉，“你是谁？你刚刚说的都是真的吗？”

“我是小鸠，小鸠常悟朗，小佐内由纪的朋友，你可以向小佐内的妈妈求证。刚刚我想到几个绑匪可能用来关押小佐内同学的地方，所以就自己跑来查证了。现在小佐内同学就被关在这里，几个绑匪将她团团围住，请你们赶紧前来营救。”

“南区体育馆对吗？”

“是的。”

“明白了，我们五分钟后就到。”

“拜托你们了。”

挂了电话，我长吁一口气。

“妈呀，吓死我了……”

刚才接电话的绝对不是普通人。初中的时候，我管过不少闲事，也有过给警察局打电话的经历。但跟真正的刑警对话，这还是头一遭。刚刚我完全被对方的气势碾压，差点语无伦次了。如果刚才的人不是重案组的，而真是小佐内的妈妈，那她变脸的速度简直跟小佐内不相上下啊。

不管怎样，这起案件总算是顺利了结了，剩下的只是时间问题。我向健吾微微点头致谢：

“健吾，幸亏有你帮忙啊！总算是安全啦。真是吓死人了，这次还真是惊险啊。”

然而，健吾的脸上没有一丝笑容。相反，他的表情更为严峻了，他小声地说道：

“常悟朗，你刚刚看到那个大吼大叫的女人了吗？”

“啊？嗯，看到啦。”

“她就是石和。我不会搞错的，她就是石和驰美。”

石和？她是什么人……

还没等我反应过来，健吾立刻解释道：

“你还记得川俣早苗吗？就是我拿热脸去贴人家冷屁股的那个女生。石和，就是那个硬要拉川俣加入的团伙头目。”

这完全出乎我的意料，没想到这件案子居然和之前那件事有关。

“真的？”

健吾用力地点了点头。我的第一反应是那个石和驰美为什么要绑架小佐内，但是我很快又意识到一件更重要的事情。

“那，刚刚川俣早苗也在那群人里面？她不是你女朋友的姐姐吗？警察再过五分钟就到了，她可是会被抓起来的！”

“佳澄才不是我的女朋友。再说，她姐姐今天好像也没来。我担心的是……”

健吾突然转过身去，用手按住铁门的把手。

“我担心的是……我听说石和是一个脾气非常暴躁的家伙。看刚刚那个样子，真不知道她会对小佐内做出什么事情来。我们赶紧回去吧。”

完全赞成！

“快走！”

我和健吾再次潜入体育馆。

这次，我们完全顾不得会不会发出脚步声，径直飞奔到柔道训练室的门前。我们通过刚刚被拉开的门缝往里看。

幸好我们赶回来了。

刚才那个大声叫骂的女生，也就是石和，她的右手拇指和食指之间夹着一根香烟。小佐内的背后站着两个女生，一人押着她的身体，一人撩起了小佐内右胳膊的衣袖。

石和一脸得意地笑着说：

“老娘今天就手下留情，放过你的小脸蛋。怎么样？现在要老老实实认错道歉了吗？哼，我告诉你，现在就算你哭着求饶也没用了。”

烟头一点点逼近小佐内那雪白的右手臂。这已经不是口头威胁，而是玩真的了。

“上吧，常悟朗！”

健吾招呼一声。

不用他说，我的手已经放到了门上……

“等一下！”

大吼一声的是小佐内。

她一直低垂的头猛然抬起，眼睛像要瞪穿对方一样狠狠地盯着石和，嘴角还带着一抹微笑。

那是一抹冷酷无情的微笑。

这样的笑容，初中时我见过几次。可是自从上高中以后，只有“草莓挞事件”时，我才看她这样笑过。那个笑容，既非冷嘲热讽的讥笑，也不是目中无人的张狂，而是一丝暗藏喜悦的冷笑。

虽然被绑在那里，但现在她已经不是一个小市民，而是化身为“狼”的小佐内由纪。

石和被人质这突如其来的一声大喝吓了一跳，停了下来。我和健吾也跟着愣在了原地。小佐内滔滔不绝地开始陈述：

“石和同学，你一共扇了我五个耳光，肩膀和手臂上各捶了一拳，还在我胸口狠狠打了两下，痛死我了。另外，踢了我的小腿两脚，其中有一脚踹得我直接跌倒，膝盖磕在了地上。还有，我拼命喊痛，你还拼命拉扯我的头发。后面的两个人，北条同学，你明知道我已经跑不掉了，还说要把我绑起来，而且还绑这么紧，害我现在连手指头都没有知觉了。

“不过，这些都没关系，虽然很痛，但是没关系。我的嘴巴里面也破了,不过这个也没关系。这些我都不在意,所以你们也不用担心。可是,你们要是把这玩意摁在我身上，就会烫出疤痕。你们知道这么做会有什么后果吗？”

“什么？你没事吧？你知道自己在说什么吗？”

石和不愧是大姐头，完全没有被小佐内吓到，她不耐烦地猛吸了一口手上的香烟。

小佐内也面无惧色，就像是在闲话家常一样继续往下说：

“如果你在我身上留下伤痕，我每次看到那个伤痕，就会想起你哦，石和同学！”

小佐内睁大眼睛扫视了一遍前面的三个人。接着，她转头看着后面那两个人说道：

“还有北条同学，上野同学，早田同学，林同学……我这辈子都会记得你们的。”

被点到名的这几个人，有两个明显稍微被震慑住了。看样子，她们完全没有心理准备，还没搞清楚绑架一个人的后果有多严重呢。

石和朝着小佐内的脸喷了一口烟，说道：

“记得我们？哈！然后呢？”

你这个女人叫石和对吧,你还敢问然后呢,小佐内没说然后会怎样,但是我知道。如果你胆敢在小佐内身上烫下伤疤，她绝对一辈子都不会放过你。到时候，谁都不敢保证她会对你做出什么事情来。

“你在玩老娘吗？很好，被你记住又怎么样？我就让你再印象深刻一点儿。烫在脖子上好不好？”

石和再度拿起香烟，慢慢将烟头靠近小佐内，小佐内在椅子上拼命挣扎。在后面押着她的两个女生似乎没有用尽全力，因此小佐内的上半身左摇右晃，椅子咯吱咯吱地响着，似乎快要散架。

“别乱动！烫到眼睛可不关我事啊。”

糟糕！

“住手！你们这群混蛋！”

一声大喝，同时铁门哐地发出一声巨响，被用力地打开了。

是健吾。

讨厌，被健吾抢先了一步。我单膝跪在铺在地面的油毡上，由下往上仰望着把门打开的健吾。当我把视线移回正前方时，刚好和小佐内四目相对。

我举起一只手跟她打了声招呼。

几个女生被我们两个不速之客吓得愣在原地。

我开口打破僵局：

“不要一错再错了。”

啊，失败！我这是在说什么呢，完全没有震慑力，简直弱爆了！难得有这样的机会，应该义正词严大吼一句“现在放弃还不算晚，你们赶紧给我滚”嘛。

“你们，是什么人？”

我们是小佐内的朋友，这么说好像不妥。说不定小佐内还会被当成要挟我们的人质。所以，我只好回答：

“我刚好经过这里。”

为了不让健吾再说出一些无谓的话，我往上指了指健吾。

“他也是。”

石和，还有其余四个人都转头看向我们这边。

“该干吗干吗去，我们在这里解决我们的事情，你们少管闲事！”

“解决你们的事？”

健吾的语气令人胆战心惊。我还是第一次听到堂岛健吾用这样的语气说话。

“嘭”的一声，健吾将右拳用力地捶在左掌上，大声说道：

“开什么玩笑！”

这确实不是开玩笑。健吾，对方有五个人，我们只有两个人啊……

接到小佐内由纪的朋友小鸠常悟朗的报案后，距离案发现场最近的材木町派出所紧急派出两名警察赶往南区体育馆。虽然他们在荒废的体育馆内找到柔道训练室花费了一点时间，但是总算在接到报案后的十一分钟内抵达现场。

在案发现场，报案人小鸠、小鸠的朋友堂岛健吾正和绑匪团伙的成员扭打在一起。手上持有凶器的石和驰美，被当场制服。堂岛的左手手指被石和所持的刀子割伤，需送院治疗。诊断的结果是三天即能痊愈。除此之外，有人面部被打伤，但均为轻伤。受害人小佐内由纪，则被安全解救。

直接参与绑架的三人，和加入囚禁人质的两人，共计五人遭到逮捕。石和驰美本来就有滥用药物的前科，警方也会针对此事予以追查。

警方起初对最早发现小佐内行踪的报案人小鸠也有所怀疑，但受害人小佐内极力为其辩护，后来又在小鸠的手机里发现了小佐内所说的邮件，从而洗清了嫌疑。

小佐内当场做了简单的笔录，但考虑到当事人所受到的惊吓，正式的笔录延至第二天后再进行。虽然小佐内坚持说她可以自己回家，但警方有义务将她安全护送回去，因此并没有理会她的一再请求。

终于，这次的案件得以顺利解决。

6

起风了。一直密布的乌云，终于被风吹散，西边的天空露出一道暗淡的阳光。

健吾被送往医院。尽管在谁看来那都只是轻微的擦伤而已，但由于是在警察面前被刀划伤，所以作为刑事案件，在程序上需要医院的诊断证明书。这次是我硬要他来陪我才害他受伤的，接下来我得好好跟他当面道谢才行。

而小佐内会被警察开车送回家。当然，首要的是让她和家人团聚。之后，应该会再询问她一些案件相关的情况吧。刚刚我听到警察好像在说，考虑到当事人所受的惊吓，正式的笔录要延至明天再做。

此时，小佐内正拿着手机，在和家人通话。

“嗯，我没事……没受伤……警察吗……他们都很好……明天会找我谈。让你们担心了……我现在就回去了。”

她说话怎么断断续续的啊。

通完电话，小佐内转过头来看着我，一脸歉疚地说：

“小鸠同学，你没事吧？疼不疼？”

在警察赶到现场之前，场面一片混乱，我当然不可能躲在角落独善其身。健吾和石和扭打在一起的时候，我拼命阻止其他四个女生来添乱。在这一过程中，我几次被她们冲撞，不知是谁还用手肘磕了一下我的左眼下方，磕得我眼冒金星。不过还好是打在颧骨上，并没有伤及眼睛，只是到现在还有点疼。

“没事啦，一点儿都不痛。”

作为一个男生，还是要逞一下英雄的。

“你呢，没事吧？刚刚被打了好几下呀。”

是打了几个耳光来着，我只记得被扯了头发……

小佐内不好意思地转过头。

“你都听到了呀……”

“嗯。”

“我现在浑身上下都疼得要命。那家伙一点儿都不留情，一拳就捶在我肚子上了。”

她委屈地噘起了嘴巴。

听她这么说，我忍不住笑起来。又是被绑架，又是被殴打，换了其他人肯定会气愤不已、怀恨在心，她却好像没事人一样，完全没有要追究的意思。

为什么小佐内这次会如此宽宏大量呢？看她现在的样子，简直开心得快要哼起歌来了。当然，也许这只是表象，谁知道她心里到底是怎么想的。

然而，我总觉得她这次宽容的背后有什么不可告人的隐情。有一件事，我一直觉得有点奇怪，只是我现在还没有时间细想。不过，也许小佐内只是在庆幸获救而已，也许真的只是如此单纯的理由。

警察还在等着小佐内。她回过头看了我一眼，红着脸羞赧地说：

“小鸠同学，谢谢你来救我。我就知道你一定会来救我的。我一直盯着那个房间的大门呢，当看到那扇门打开一条缝，我就知道你来救我了。”

“你那么嚣张地向石和挑衅，原来是因为知道我在那里啊。”

“我没料到你们会直接冲进来啊……我只是想着要多争取一点儿时间而已。”

这跟我料想的差不多。虽然当时小佐内被绑在椅子上，头垂得很低，眼睛都被刘海挡住了，我完全看不见她的脸，但是我总觉得她在透过刘海看向我和健吾这边。而且不管有多气愤，小佐内是绝不会贸然挑衅对方的。

她拍了拍沾在裙子上的灰尘，往后退了两三步。正当我一脸困惑，不知道她要做什么的时候，她突然向我鞠了一躬。

“谢谢你！”

我挠了挠脸颊。

“啊呀……呃……不用客气。”

她抬起头来，抱着肚子，一脸痛苦地惨叫一声。

“啊！”

“怎么啦？被打的地方很疼吗？”

“确实很疼……”

她揉揉自己的肚子。

“但主要是肚子饿了。”

哈哈哈。是呀，她都还没吃午餐吧。现在是三点半，早已过了午饭时间，离晚餐时间还早得很。不过，还好小佐内接下来可以直接回家了。

这时，我想到一个好主意，还暗自佩服自己的机智。我笑着对她说：

“今天真是太惨了。等一会儿，我去买点你喜欢的好吃的送到你家。”

“咦？”小佐内赶忙在胸前摆了摆手，“不用了，应该是我向小鸠同学道谢才对呀。”

她推辞着，脸上却笑开了花。对于这时候的小佐内，我一眼就能看穿她在想什么……要是她能一直这样该有多好。不过，也许一直这样，又太无趣了吧。

“行了行了，一码归一码，不用客气了。”

“真的吗？那我就……”

“那就按照‘小佐内精选甜品指南的夏季版’来买吧，下一个目标是什么来着？”

她的脸上闪烁着动人的光芒，那满满的热情快要把我也融化掉了。

“下一个就是‘Tinker Rinker’的水蜜桃派。那家的水蜜桃派用的可是白桃，超级好吃的！”

说着说着，小佐内的笑容突然僵住了。

明明是闷热的夏日午后，然而我真真切切地感觉到在一瞬之间，我和她之间的空气突然下降了好几度。

终章 甜蜜的回忆

1

在“小佐内精选甜品指南的夏季版”中排在榜首的，是“赛茜利亚”的夏季限定热带水果芭菲。

距离绑架事件，已经过去两天。

“赛茜利亚”在一栋不算新的大楼二层，从一个略显局促的小门进去，还要爬上一段阴暗狭窄的楼梯。我严重怀疑这样的地方怎么可能会有不错的甜品店。但既然是小佐内精选的店，想必不会出错。我推开透明的玻璃门，门上的铜铃发出清脆悦耳的响声，店内凉爽的空气扑面而来，顿时令人心旷神怡。像这样精神为之一振的清凉瞬间，不管体验多少次，依然让我神清气爽，回味无穷。

店内采用了许多流线型的设计，就连餐桌都是像葫芦一样的曲线形状。我拿起菜单，上面有不同名字的各式芭菲，看得人眼花缭乱。其中有一款竟然叫作“赛茜利亚特制宇宙树芭菲”，对于这么无厘头的命名，我真是无言以对了。更夸张的是夏季限定热带水果芭菲，它的价格贵到让人瞠目结舌，这大概是我有生以来买过最贵的食物了吧。

我刚刚居然不知死活地说什么“为了庆祝小佐内获救，这一顿由我来买单”。这下惨了，我带的那点钱哪里够啊，要不只点一个，两个人一起吃。不行不行，无论如何我都不能妄图和小佐内共享一个芭菲啊，那简直就是自寻死路……不对不对，应该说那画面浪漫得让人不敢直视。可如果我只点一杯咖啡，明摆着就是告诉她我兜里没钱啊，那也太丢脸了。怎么办呢……

我的表情一定出卖了我，当我正烦恼不已时，小佐内说道：

“为了感谢你来救我，小鸠同学的那份就由我来请。”

对不起，小佐内同学！谢谢你帮我解围。

在等待芭菲的过程中，小佐内一直在玩手机，我则眺望着窗外的风景。“赛茜利亚”就在木良车站附近，离南区体育馆也不远。通往车站的三夜路上，“三夜路夏日祭典”的布置早已收拾得一干二净。

“让两位久等了，这是夏季限定热带水果芭菲。”

伴随着服务员甜美的声音，水果芭菲被摆上了桌。我倒吸一口凉气，怔住了。这个芭菲差不多高达三十厘米，倒圆锥形的冰激凌杯里盛着五颜六色的各式水果。水果与水果之间被奶油、鲜乳酪、果冻和玉米片填得满满当当。白色的奶油和鲜乳酪、红色的果冻、色彩缤纷的水果，不同颜色的材料如彩虹般叠加在一起。芭菲共有五层，中间还隐约可见金黄色的玉米片。层与层之间的分隔纹路清晰，看起来非常美妙。

杯子中间堆着一座高耸的奶油小山，玻璃杯的边缘插着一圈芒果、菠萝、哈密瓜、水蜜桃、香蕉和西瓜等水果。山顶还别致地点缀着一颗蔓越莓和一颗蓝莓。看样子，这座山里应该还别有洞天，可能藏着一个巨大的冰激凌球吧。然而，小佐内完全没有被这座巨大的冰激凌山吓倒，她笑眯眯地拿起了长柄冰激凌勺，挖了一勺山顶的鲜奶油，心满意足地放入口中。

“很厉害吧！点这个芭菲之前，一定要先做好心理准备。饿上几顿，将对食物的期待值提升到最高，再点一份一次吃个痛快。不然的话，这么大一个肯定吃不完……前几天那事，折腾了我一整天，现在刚好可以点一份压压惊。”

且不说我已经吃过午饭了，本来我对甜品的渴望就无法与小佐内相提并论，这么夸张的芭菲我怎么可能吃得完呢……胜负已成定局，但仍要拼搏到底，我像一名浴血奋战的战士一样，怀着悲壮的心情拿起了勺子。这根冰激凌勺可真不是一般的长，像金箍棒一样一直延伸，可以直触到杯底。

“吃这个有个诀窍，要先把西瓜干掉，因为西瓜和奶油的味道一点都不搭。”

小佐内捞起一块西瓜，也不管有没有籽，便咕噜一声吞了下去。

接着，她又立刻用她的冰激凌勺马不停蹄地开始了挖山的壮举。我则小心翼翼地跟着她的步伐，缓慢地展开了这一浩大的工程，只希望我不要一开始就从险峻的山坡上失足跌落才好。

在“小佐内精选甜品指南的夏季版”中位居榜首的这个夏季限定热带水果芭菲，味道当然是极好的，可是我还是感到困惑。这个芭菲的美味基本等同于各种水果的美味。虽然里面的鲜奶油和冰激凌也不难吃，但并没有美味到让人眼前一亮的惊艳之感。可以说，要是在家里准备一些新鲜好吃的水果，一样能做出同款芭菲。

不过，我并不敢把心中的想法和盘托出，要不然接下来势必会被迫听上一个小时的甜品讲座，所以我还是决定乖乖保持沉默，继续埋头苦干，专注于眼前的挖山工程。

小佐内已经迅速将小山丘铲走，她的芭菲差不多和冰激凌杯子的边缘齐平了。而我好不容易才挖到暗藏在鲜奶油中的冰激凌球。她抬起头瞥了我一眼，故意嗲声嗲气地说道：

“哎哟，小鸠同学，你怎么都不说话呀，好无聊啊。说点什么来听听嘛。”

说什么好呢？

好吧。我把刚刚舀起来的满满一大勺冰激凌一口吞下，不顾喉头被突然刺激后的刺痛，展开了话题——

“那么，我就来简单总结一下，高二这个夏天我度过了一个多么有意义的暑假吧。

“我的朋友堂岛健吾，今年暑假多管闲事，揽了一件麻烦事。事情的经过是这样的：有个叫作川俣早苗的高二女生，被一群坏朋友纠缠，被迫加入了她们的组织。早苗的妹妹佳澄，向健吾苦苦哀求希望他帮忙解救姐姐。受人之托忠人之事，健吾想尽办法去帮助早苗摆脱那些坏人。

“可是呢，那些家伙的头目非常凶狠。对早苗来说，那个头目并不是她在孤独绝望、走投无路时所出现的最后一道曙光，也不是她在离经叛道的叛逆之路上找到的同道中人。川俣早苗纯粹是因为惧于那人的淫威而不得不屈从。健吾对此无能为力，因此十分痛苦。唉，他就是手伸得太长，管太多了。如果将来他要是从事服务性行业，肯定会因为多管闲事而把自己搞得焦头烂额。不过幸亏他是这样的人，才会帮我这么大的忙，所以我不能在背地里说他的坏话，不然绝对会遭天谴的。

“那个团伙的头目，叫石和驰美。而绑架你的绑匪头目也是石和驰美。你说巧不巧？健吾想解救的当事人，就是受制于绑架小佐内的犯罪嫌疑人，这可真是一个惊人的巧合啊！”

“是呀。这样的价格居然能吃到这么优质的哈密瓜，真是太不可思议了！”

小佐内放下勺子，抓起一块带皮的哈密瓜大口大口地嚼起来，那气势简直像要把哈密瓜连皮都一齐吞到肚子里似的。

冰激凌一旦融化就会变得很难吃，想吃完就更加难上加难了，于是我又重新拿起勺子，舀了一勺冰激凌。

“这个冰激凌就是普通的香草冰激凌嘛，还没有上次咱们在‘樱庵’吃到的好吃呢。

“如果是巧合，那为何会有这样的巧合？我情不自禁地将关注点聚焦于这一问题。也许，事到如今已经没有什么好追究的了。可是，可能这本来就不全是巧合。当然也绝非都是必然。或许，这只是一个概率的问题。健吾、川俣早苗、石和驰美和小佐内同学之间有什么可以联系到一起的共通点呢？

“首先，健吾和小佐内同学都是我的朋友。而川俣早苗和石和驰美，在初中时曾勾搭在一起干过坏事。川俣早苗和健吾，则是通过川俣佳澄建立起了联系。

“然后是石和驰美和小佐内同学，对，还应该加上川俣早苗，你们三个人都是从鹰羽中学毕业的。当然，在这点上我也一样。整个市的初中有几间，我还是数得过来的，所以就算当事人里面有三个人都毕业于同一所初中，似乎也没什么好大惊小怪的。

“可问题是，要是再加上一个巧合，恐怕就不是一句‘惊人的巧合’能说得过去的了……以我的个性，不可能装作没事人一样。”

“以你的个性？你是说作为一个小市民吗？”

我苦笑了一下，摇了摇头。

“怎么可能！这次都已经夸张到又是绑架，又是打斗，这是一个区区小市民能应付得了的吗？”

“你大可以置之不理的呀。”

“我们之前确实有过约定，我不再卖弄小聪明去揣测人心，探究别人的秘密，而你也放弃追求复仇所带来的快感。可是……

“抱歉，我刚刚的话还没讲完。还有，你的下巴上沾到奶油了。

“有一件事我一直觉得很奇怪，不吐不快。就是上次我们去‘BerryBerry’，你请我吃了冰西瓜鲜酪乳。那天，我一直在琢磨健吾留下来的那张奇怪字条，玩猜字解谜玩得很兴奋。有意思的是，为何健吾那天会在车站前的那家汉堡店呢？关于这点，健吾倒是交代得很清楚，说当时他正在监视那个嗑药团伙的成员。不用说也知道，他指的就是石和驰美那伙人了。

“那么，我为什么会在哪里呢？那是因为小佐内同学叫我去‘BerryBerry’，于是我就把自行车停到了车站附近。当时我正好肚子饿了，可是那个时间点很尴尬，既不是饭点，附近又没有其他比较好的店，而且等一下就要去吃西瓜鲜酪乳了，我不可能自己先找个地方大吃一顿，于是才会走进那家汉堡店。

“可更凑巧的是，小佐内同学居然也在那里，还戴着一顶皮帽，穿着一身摇滚风的装束，特意打扮得让人认不出来。小佐内同学为什么也去了那家店呢？

“那天的事情我记忆犹新。你也知道，我一直都对自己的记忆力引以为傲。我被健吾留下来的字条搞得超级混乱，视线一直都停留在下方的桌面上，而坐在我身边的小佐内同学却很奇怪，一直都紧盯着前方。当时，我还以为你是受不了我一直兴致勃勃地研究那个疑似暗号的字条，才会无聊地看向窗外。但是现在回想起来，从那家店靠窗的位置往外看的话，正好可以看到车站前的公交车中转站。而你一直盯着那个公交车中转站，是因为健吾和石和驰美那伙人就在那里。小佐内同学，你那天为什么会在那家汉堡店里呢？”

小佐内为什么是一片一片地吃玉米片的呀？

她用勺子捞起一大片玉米片，一边小心翼翼地保持着平衡，一边颤颤巍巍地送进嘴巴……啊！掉了。她立刻捡起来往嘴巴里一丢，然后转过头来看着我的眼睛。

“其实，我和石和同学有过一面之缘。就像小鸠同学说的那样，我们都是鹰羽中学毕业的，所以我早就知道她是一个很坏的女生。”

说完，她又拿起勺子，插入芭菲的玻璃杯底。

“你继续说呀。”

“小佐内同学，你还没回答我的问题呢。”

“没事，我不会介意的。”

这是怎么回事嘛，明明是我在问问题啊……算了算了，这个问题我们先跳过。我也终于把像小山一样的冰激凌挖干净了。接下来，如果不先着手解决围着杯子的一圈水果，就很难再往前突破。我先把手伸向西瓜，仔细地把籽挑干净。

“好，那接下来就要说到前天的事情了。不过小佐内同学，你今天的衣服充满了南国风情嘛，是为了配合热带水果芭菲特意搭配的吗？”

她今天的T恤衫上印着五彩斑斓的花朵和嬉戏飞舞的彩蝶，及膝的半身裙是木纹的图案。明明是夏天，她却戴了一顶绒帽，不过一进到店里她就拿下来了。

她的脸上洋溢着明媚的笑容，光彩照人。

“好看吗？”

“很好看啊。”

“好开心呀。”

能博她一笑自然是好事，但是……

“不过，我觉得，你被绑架那天穿的衣服更适合你。啊，不能用适合来形容，应该说是我看习惯了。那套衣服，很像船户高中的夏季校服呢。”

“……”

不行，我得喝口水了，嘴里已经甜得有点腻了。

“平时一到假日，小佐内同学在逛街时都会刻意打扮得不像本人。

不对,‘不像本人’这个说法有问题。应该说，如果只是见过你在校园里的样子，那么突然在逛街时碰到你的话，绝对没有办法一下子就认出你来，你穿了便衣完全就像变了一个人似的。其中的奥妙，大概在于帽子吧。你总会把帽檐压得很低。

“然而，那天你没戴帽子，穿的衣服也和校服差不多。也就是说，你那天的样子和平时在学校里别无二致。如果有人想找你，却只见过你在学校里的样子，那么就算你作摇滚风装扮站在她面前，她也未必能够一下子就认出来。今天的南国风情打扮也是如此。可如果像那天一样，你穿着白衣蓝裙，没戴帽子，恐怕对方一眼就会认出你来了。”

小佐内把勺子插进玻璃杯里，说道：

“所以那天我才会被绑架啊。真是太倒霉了！我本来就有时候会戴帽子，有时候不戴帽子。正是因为有这种可能性，所以变装才不容忽视啊！”

“是吗？那可真够倒霉的。”

从明天开始，我是不是也该学习变装，以防自己被绑架呢？

我拿起一块菠萝嚼了一口，舌头有点刺痛的感觉。虽然菠萝很甜很好吃，可是我就是不喜欢这种口感。

“后来，被绑架的小佐内同学发了一封邮件给我。在这危急时刻，你把求救邮件发给我，而不是别人，我十分感动，你竟然如此信任我。我当时想，那封邮件乍看之下完全不知所云，一定是怕被绑匪发现，所以故弄玄虚，不想引起她们的注意吧。要是被绑匪发现你在求救，肯定会立刻转移地方的。我当时认定就是这么一回事。可是……”

我目不转睛地看着小佐内。然而，她完全沉浸在芭菲杯中间那层芒果的美味中不可自拔，似乎完全没有听我说话。我差点就忍不住叫她专心一点儿了。

“呃，我当时是这么推断的。可是……当我在南区体育馆发现那辆车的时候，就觉得事情可能没那么简单。小佐内同学应该是被拉进那辆车，然后被带到那里去的。副驾驶的座位上乱七八糟地放着一大堆垃圾，那就表明你当时应该是坐在后座。但是，绑匪应该不可能让你独自坐在后座。就算后座上只有你一个人，为了安全起见，她们也一定会把你绑起来。可是，不管是被绑起来，还是有人坐在你旁边监视着你，都不可能让你有机会发邮件啊。况且，我们赶到体育馆的时候，你的确是被绑起来的。退一步来说，如果只是几个字，或许可以不被发现偷偷发出。可问题是，小佐内同学，你发的邮件可是这样的——”

我打开自己的手机。

“不好意思，麻烦帮我买四个焦糖苹果和一个可露丽，不好意思。”

我把邮件给小佐内看，她瞧了一眼，又把视线移回面前的芭菲了。

“其实你只要告诉我‘四个焦糖苹果和一个可露丽’就够了，然而你在这句话的前后都加上了‘不好意思’“麻烦”等无关紧要的字眼，而且还一个字都没打错，就连标点符号都一丝不苟地打了上去。所以，无论如何我都不认为，这是一个被绑架了的人质，在被转移途中躲过绑匪的耳目所发来的邮件。”

“我发邮件的速度超快的，而且石和她们并没有看得很紧。这个答案你还满意吗？”

我摇了摇头。

“这么说很难令人信服。”

“果不其然啊。”

小佐内歪着小脑袋说道。

她一定是知道我已经弄清了一些事，而且到了一定的程度。正因为她知道了这一点，所以才让我自己陈述。可我并不清楚她为什么要这么做，所以只能继续把话说完。

“回到最初的问题……小佐内同学为什么会跑到外面去呢？你明知道我要来，等一会儿要一起去吃焦糖苹果。你妈妈说你在十二点之前就出去了，而索要赎金的电话是一点半之后才打来的。中间差不多有一个半小时的时间，你去了哪里，做了什么呢？

“当然，如果没有后续的绑架案，单看这一点，可以认为你是‘突然要买东西，不小心耽误了一点时间’。可是，你偏偏是在这个时间段被绑架的。那事情就没那么单纯了。我刚刚说要回到最初的问题。那回到最初，你为什么会叫我去你家呢？上次我们不是直接在三夜路等的吗？为什么这次你要特意叫我上你家去呢？还让我和你妈妈大眼瞪小眼地度过了一段尴尬的时间……你是故意让我间接地听到那通索要赎金的电话的吧。

“小佐内同学……从十二点到一点半的这段时间，你去了哪里，做了什么呢？”

“女生呢……”小佐内的芭菲杯里只剩下底部的一点点奶油和果酱了。她一边搅动着勺子试图把它们舀出来，一边轻声说，“都会有一点儿自己的小秘密。”

“我就是要你把这些秘密说出来啊……虽然这样就好像是我特地窥探别人的隐私一样……”

我的话音未落，就看到小佐内已经把整杯夏季限定热带水果芭菲吃得一干二净了。而我因为一直滔滔不绝，才吃了不到三分之一。这不会是真的吧……看穿真相是我的强项，但她这样的速度和食欲背后到底隐藏着怎样的戏法，我真的完全看不透。

她握着冰激凌勺，定睛看了看自己那空空如也的芭菲杯，又用像小狗盯着食物那样热切的眼神看了看我那杯还剩下一大半的水果芭菲。

“要分一点给你吗？”

“那怎么行呢……”

她这是什么意思？是吃饱了，还是不好意思？只见她悲伤地把冰激凌勺放回芭菲杯，用手撑着下巴，微笑地对我说：

“你还有什么要说的吗？”

“如果你想听的话。”

“骗人，明明是你自己还很想说。”

她伸出一只手挥了挥，把服务员叫来，又点了一杯红茶。为了赶上进度，我一口气消灭了奇异果和木瓜，然后把勺子戳进鲜奶油的汪洋之中。接下来，得先把玉米片干掉才行。

没过多久，红茶就端了上来。小佐内吹了好几下，才抿了一口。然而，她顿时皱起了眉头，把杯子放了回去。原来她这么怕烫啊。

我的话还没有说完。

“就像我刚才所说，这段时间小佐内同学的言行举止，让人摸不着头脑。你与人交往，也不似从前。在很多细节上，古古怪怪的。我实在找不到理由让自己不怀疑。可是，最令我感到不可思议的是这个暑假……应该说，从暑假的第一天开始，我就一直觉得很奇怪了。”

“很奇怪？是很不满意吗？”

“我也不知道是哪种感觉。小佐内同学……你肯定知道我为什么会觉得不可思议吧。”

她看着面前的红茶杯，小声嘟囔了一句：

“小鸠同学，原来你一直都不相信我啊……不对，其实你是信任我的，对吗？”

“我应该，是相信你的。”

“小鸠同学觉得不可思议的是——我为什么要硬拉着你陪我到处去吃甜品，对不对？”

我缓缓点了点头。

我和她根本没有必要连暑假都黏在一起。因为我们之间只是各取所需、互惠互利，而非互相依赖、不分彼此，我们并不会因为想念对方而想和对方见面。她如果想吃甜品，自己去就好了，根本无须把我也叫上。在这一点上，我是相信她的。

“小佐内同学并不是因为跟我在一起很开心，所以才约我的。”

“……”

她用茶匙轻轻地搅拌着红茶，微微地低下了头。

我这杯芭菲未免也吃得太久了吧。

“你那张‘小佐内精选甜品指南的夏季版’的地图，现在还放在我的自行车车筐里。你还记得吗？在把那张地图交给我的时候，你说过它将左右你这个夏天的命运，可是我所认识的小佐内同学是不会说出这样的话的。

“可是，事实上的确如此。我就是以那张地图为依据，分析出那封邮件的含义，才把你解救出来的。这真的只是一个巧合吗？怎么可能？当然不是！从暑假一开始的时候，你就已经知道‘小佐内精选甜品指南的夏季版’将会左右自己的命运了。”

小佐内和石和驰美其实早就认识。她前天特意穿上自己日常的服装，让人一眼就能认出她。同时，她把我叫到自己家，自己却跑了出去，结果就被石和驰美她们发现并绑架了。然后，她又将在被绑架的过程中根本不可能打得出来的求救邮件发给我。而那封邮件，只要按照她在暑假一开始交给我的地图去解读，就能轻易地明白个中含义。

将这些因素综合来看的话，最大的可能性就是……

然而，我实在不愿意相信真相是这样的。我宁愿相信，是可怜的小佐内同学被凶狠的石和驰美给绑架了。

小佐内一直死死地盯着面前的那杯红茶。她是在等茶变凉，还是手不听使唤了？过了好一会儿，她用干涩的声音说道：

“因为，我已经把那张地图牢牢地印在脑子里了。所以，当我要把求救邮件伪装成普通邮件的时候，首先想到的就是那张地图。仅此而已。”

她明知道，我不会被这样的三言两语就轻易打发。

其实，我也很希望事情真如她所说—— 一切都只是巧合，纯粹只是刚好都让她给撞上了。新闻里不是常有这样的事吗？在那些被卷入不幸事件的人中，虽然有些是自己参与其中，可还有很多都是因为一连串令人难以置信的倒霉事撞在一起而导致的结果。

所以，我才要问清楚。

“如果真是那样……可是那一天，我买的可是其他东西哦。”

“……”

“那天我问你，要是按照‘小佐内精选甜品指南的夏季版’来买的话，下一个目标是什么，你说下一个目标是‘TinkerRinker’的水蜜桃派，所以我就给你买了水蜜桃派。可是小佐内同学，这不对啊！接下来应该是‘村松屋’的焦糖苹果才对。那可是只有在‘三夜路夏日祭典’当天才能吃到的，是非常珍贵的限量版甜品啊！

“你是在三点半被解救出来的。当时去买的话完全来得及，就算来不及，你也可以叫我先去看看再说啊。然而你毫不犹豫地说要吃水蜜桃派。这是为什么呢？”

小佐内应该当场就意识到自己说错了。因为她当即就反应过来——自己必须回答焦糖苹果才能把话圆回去，所以那时她的笑容才僵住了。

她想掩饰的事实，当然是——

“你在前天中午出去之后就已经吃过焦糖苹果了，所以‘下一个目标’才会变成水蜜桃派。那天，你明明说好要跟我一起去吃焦糖苹果的，为什么会自己先偷偷跑去吃了呢？因为你早就料到了，自己接下来的行动将会受到限制，很有可能无法跟我一起去吃焦糖苹果。因为你预测自己有可能来不及赶在‘村松屋’收摊前重获自由，所以才会在等待石和驰美的时候先去吃了焦糖苹果。

“从你三天前给我打电话开始，从约好第二天一点钟在你家见面的时候开始，从你打扮成摇滚青年的样子去‘BerryBerry’时监视着在车站前面的她们的行动开始……

“从暑假第一天，你把‘小佐内精选甜品指南的夏季版’交到我手上开始，你就已经知道自己会被绑架了……这么一来，就说得通了。我就能理解你为什么非要我陪你到处去吃那些甜品了。”

这趟甜品美食之旅即将接近尾声，可我的夏季限定热带水果芭菲却还剩很多。熟透的芒果散发着浓郁的甜香，萦绕在我的舌尖久久不肯消散，导致我的心情几乎要掉到了谷底。我只好猛喝几口水。

“就是因为你知道自己会被绑架，所以必须做好万全之策，一旦自己被对方抓住也能立刻毫发无伤地被解救出来。而‘小佐内精选甜品指南的夏季版’，正是你为这项准备工作而精心制作的。

“你拉着我按照那份地图在木良市里到处去吃甜品，不管是冰西瓜鲜酪乳还是抹茶冰沙都好吃极了，特别是那个夏洛特蛋糕，虽然不是夏季限定的甜品，但真的是人间极品。

“然而，你真正的目的并不是品尝那些甜品，而是通过按照地图在市内跑来跑去的行为，将‘小佐内精选甜品指南的夏季版’的概念灌输到我的潜意识里，好让我在千钧一发之际，第一时间就联想到它。另外，也可以让我下意识地好好保管那张地图。否则，当你发出求救信号的时候，万一我没能一下子就联想到‘小佐内精选甜品指南的夏季版’，或是已经将地图弄丢了，那你的计划就功亏一篑了。所以，为了这个周密的安排，你才会叫我陪你到处去吃甜品。

“我还真的被你调教得很成功啊。虽然我也怀疑过你约我出去的真实目的，可每次你找我，我还是随传随到。于是，如你所愿，‘小佐内精选甜品指南的夏季版’的地图就这样深深地烙印在我的脑海里了。”

我去小佐内家吃夏洛特蛋糕的那一天，当她识破我的小把戏时，曾经非常开心地说：“这下暑假你得陪我把昨天那张排行榜上的店吃个遍了，要从第十名一直吃到第一名哦。”她当时之所以会笑得那么灿烂，恐怕是因为我自掘坟墓的行为，使得她可以光明正大、自然而然地约我出去了吧。如果我没有偷吃夏洛特蛋糕，光是想约我出去的理由，就得让她费上一番周章。

说到她非常高兴的样子——在我们去吃冰西瓜鲜酪乳的那一天，经过三夜路的“村松屋”时，当我问起那家店的焦糖苹果是不是被列入她的排行榜时，她也露出了非常灿烂的笑容。对小佐内而言，我对那张“小佐内精选甜品指南的夏季版”的内容越熟悉，就表示她的计划进行得越顺利。

当我在那家汉堡店研究健吾所留下来的字条时，她一边注视着公交站，一边在我耳边煽风点火。我现在终于明白，当我发现那张字条是要配合着地图才能看出个中玄机时，小佐内为什么会由衷地感到高兴。对她来说，那简直就是天赐良机，健吾的字条正好可以成为将来让我解读她的求救信号的练习工具。那天，她发邮件告诉我“今天要去‘LAROCHE’和‘银扇堂’之间的那家店”，也是她为日后行动所进行的彩排。而我当着她的面解读出同类型的暗号，可想而知这大大增强了她的安全感。

我从头到尾完全被蒙在鼓里，不可能像没事人一样一点儿情绪都没有。

然而，与此相比，更让我懊恼的是还有很多疑点理不出头绪。

“可是，小佐内同学，还有几个问题我怎么都想不通。”

她一直不停地搅拌着红茶，可是那里面明明没有加糖，也没有加奶。我低下头看向桌面，现在面对着她，我有点不知所措。

“你为什么不告诉我呢？为什么一定要用这招呢？其实你和我说一声不就好了？告诉我，你因为以前的恩怨被坏人盯上了，搞不好会被她们绑架，叫我到时候去救你。我这人虽然有点冲动，但我又不是一块榆木疙瘩。只要你告诉我，我自然会按照你说的方法去救你啊。事实上，前天我去救你的时候，差点就错过时间酿成了大祸。要是再晚一点儿，石和驰美搞不好真的会把香烟戳在你身上了，要是我把那封邮件理解错了，后果简直不堪设想。你有没有想过，到时会有怎样的后果，有没有想过到时我会是怎样的心情？为什么要背着我冒这么大的风险做这样的事呢，为什么不能和我说一声呢？”

小佐内搅拌红茶的手停了下来，轻声说了一句：

“对不起！”

我没再出声，而是静静地等她继续说下去。然而小佐内只是怔怔地看着琥珀色的红茶出神，一句话也没有说。

我们就这样无言地相对而坐。

在漫长的沉默之后，她终于开始慢慢地吐露心声：

“我很抱歉！差不多就是小鸠同学说的这样。我是吃过焦糖苹果了。放暑假之前，我就预料到自己可能会被石和她们绑架。我知道石和的为人有多凶残，如果被她捉住，我一定会被整得很惨。所以我必须找你来救我。

“可是，我不想把你也拖下水。我担心，如果我把实情告诉你，以你的个性搞不好会去调查石和那伙人，到时候如果被对方发现，只怕我还没事，你就先遭到对方的毒手了。我是这么想的……可没想到会伤了你的心，对不起……”

我才不会那么做呢。如果遇到什么事情，且发现背后有隐情，那我的确会想去一探究竟，但并非一定要摸清楚对方的底细。这明明是小佐内同学自己爱搞的那一套。她总不能因为自己可能会那么做，就认为别人都会那么做吧。

“我也想过，堂岛同学是不是会跟你一起来，因为你一定不会自己过来。倒不是说你胆小，而是你会判断只有一个人可能没办法达成目的，必须得找个帮手。这种时候，我想小鸠同学只会去找堂岛同学来帮忙。你看，去年遭遇‘草莓挞事件’时，你不也是和堂岛同学一起来的吗？所以……

“一切都和我的预想一样，只是我没料到你们真的会打起来，没想到会让小鸠同学和堂岛同学都身陷险境。害堂岛同学受了伤，小鸠同学也挨了打。为此我真的很抱歉……”

“那倒是小事，没什么啦。”

健吾的伤只是削掉一小块皮而已，而我连自己到底是哪边脸挨了一拳都不记得了。这点小伤完全无须挂怀。石和驰美一伙人有心要绑架小佐内，那这样的身体冲撞本来就难以避免。

“……你能告诉我，你和石和驰美她们之间到底有什么恩怨吗？”

我以为这种事情告诉我也无妨，所以才开口问的，然而小佐内摇了摇头。

“不好意思，这件事我不想再提。都是很久以前的事了……”

可想而知，肯定是初中时和石和结下的梁子吧。自从立志要成为小市民以后，小佐内不可能再跟嗑药团伙扯上什么关系。对于以前的事，我们都很少提及，因为我们彼此心照不宣，那些都不是什么愉快的回忆。既然她不想说，我也不会追问。

我理解她有她的不得已。

虽然被她玩弄于股掌之间，肯定会有点心存芥蒂，然而我没想到自己的内心异常平静。不对，不只是平静，反而还有一点欣喜。

这个暑假，我每每觉得事情不太对劲，觉得我所认识的小佐内由纪应该不会有这样的举动时，就会感到十分不安，害怕是自己并没有想象中那么了解她。经过推理，那些奇怪的举动应该都是针对绑架行动的策略，而她本人也承认了这一点。如今我总算可以放下心来，其实我还是了解她的。

当然，我不会傻到以为自己已经完完全全了解这个古灵精怪的女生了，但我至少知道她果然还是一匹“狼”。我重新展露笑容。

没事就好，只要小佐内平安无事就好，这比什么都重要——我真的很想这么说。

可是，这句话我却无法说出口。

2

我判断一件事情有没有问题的能力其实并不强。如果直接问我这是不是一个谎言，然后要我说出哪里有问题，我倒是可以分析得头头是道，但如果不事先提醒我这是一个谎言，我也难以识破。

然而即便如此，我还是觉得有违和感。有些地方不太对劲，难以接受这样的结果。也许这只是我的第六感吧，但是我无法忽视这样的违和感。刚刚我之所以能够看穿小佐内其实早已知道自己会被绑架，一方面是因为这个第六感，另一方面是基于第六感进而意识到“小佐内精选甜品指南的夏季版”不过只是一个幌子。

如今，我的第六感再次告诉我，还是有地方不太对劲。和解的台词到了嘴边，我又咽了回去。小佐内的眼睛里泛着些许泪光，她歪着头不解地看着我。

“怎么了？”

“没有……”

“是啊，怪不得你不肯原谅我，也许我应该一开始就跟小鸠同学商量一下才对的。”

她的声音仿佛来自一个遥远的地方。我的意识开始变得涣散。

从目前已知的信息来看，最不可思议的地方就是——为什么小佐内知道自己会被绑架呢?

不……不对，应该说她是怎么知道自己会被绑架的呢?

难道是某一天，变装后的小佐内走在路上，突然看到一张似曾相识的面孔，于是悄悄靠近对方后偷听到对方说的话，结果意外发现对方在策划绑架自己？为此烦恼不已的小佐内也开始拟定计划，制作了“小佐内精选甜品指南的夏季版”，并开始训练我。

虽然这么多巧合都凑在一起，未免太不可思议了，但也不能说完全没有这种可能性。问题是，事情可并不仅如此。小佐内不但对石和驰美一伙人的绑架计划洞若观火，就连对方会在什么时候采取行动都一清二楚。而且她至少是在三天前，就已经知道了详情，否则她不会提前约定我的时间。要是正好对方采取行动时，我这个好不容易被训练好负责救人的小角色却跑去泡温泉了，那岂不成了一个大笑话。

对于我这个角色，她应该并没有找其他替补人。三天前，她打电话给我的时候，一再强调时间是“明天一点”。从这一点来看，可以确定她对该团伙内部的动态了如指掌。

如果只是在街上偶然听到只言片语的信息，不可能知道得如此详尽啊。

但这是会影响案件走向的根本问题吗？不管小佐内是用了何种手段，她都必须首先预计到会发生这起绑架案。不管她的信息是从哪里得来的，难道没有这一大前提，那个针对绑架案的对策就无从谈起吗?

然而，看起来也并非如此。可是，我心中的疑云仍旧挥之不去。

前因后果似乎并没有矛盾……但是为什么我还是觉得不对劲呢？

我从沉思中抬起头来。小佐内正用冰冷的眼神盯着陷入沉默的我。

有了！解决问题的方法原来在这里。

只要按照我对小佐内的一贯理解，问题或许就会迎刃而解了。

在我心中，小佐内就是一匹“狼”，如今，对于这一点我有了更明确的认识。我坚信，她就是我所认识的那个小佐内由纪。

那么，我必须回答自己这几个问题：

Q：小佐内像是会和嗑药团伙结怨的人吗？

A：Yes。现在或许不会，但过去很难说是不是发生过这样的事。

Q：那么，小佐内有没有可能是采取了什么手段，因此能持续地得到那个团伙的信息呢？

A：Yes。小佐内的行动力毋庸置疑，我敢保证，绝对没有任何问题。

Q：那么，当小佐内得知石和驰美那伙人有意要加害于她，会不会采取行动自我保护呢？

A：NO。

这里有问题。

因为小佐内酷爱“复仇”的快感。我所认识的小佐内由纪，可不会只是自保这么简单，她只会以牙还牙加倍奉还，会让对方付出更大的代价。所以当她发现对方的计划时，绝不可能善罢甘休，只是做好求救的准备。我越是了解她，越是信任她，就越能肯定她不可能这么轻易放过对方。

Q:那么，如果小佐内想报复石和驰美等人，是从现在才开始筹谋，还是其实早已达成目的了呢?

原来如此。原来是这么一回事啊……果然另有隐情，没那么简单。

小佐内同学可真厉害，还真是不走寻常路啊。我差点就相信她泪眼婆娑说的“抱歉”二字了。不过，我并不是认为她没有愧疚之情。只是，她刚刚的“对不起”只是为了让我坚信“小佐内同学是因为知道自己会被绑架，所以为了在被对方抓去之后也能够立刻被解救出来，才不得不想出了那样的对策”而已。

我抑制不住内心的兴奋，叫了一声：

“小佐内同学。”

“铛。”小佐内把红茶杯重重地放在了碟子上。她面无表情，只是用令人难以捉摸的眼神注视着我。刚刚那种“迫于无奈不得不利用你，我实在对不起你”的歉疚感在她的脸上荡然无存。她那冰冷的眼神像要把人看穿一样，我不禁打了个冷战。不对，这不是冷战，这是战场上双方剑拔弩张时，准备奋起而战的武士在抖擞精神。

然而，小佐内的语调异常平静：

“什么事？”

开始吧。

“刚刚，我又想了一下。对于你知道石和驰美那伙人的绑架计划这件事，我又有了新的想法。我一向都对你的行动力佩服得五体投地。因为我自己是那种躲在角落里独自绞尽脑汁的沉思型，所以我自认为很多时候都远不及你。”

她的脸上还是看不见任何表情，她只是抱着头左右摇晃了一下。我正奇怪她这是什么意思，才赫然发现她似乎只是想掩饰自己的害羞。我就装作没看见吧。

“不过，即便如此，我也不认为你光凭一己之力就能对石和那伙人的情况了如指掌。毕竟，整个暑假白天的大部分时间，你都和我在一起四处去品尝美食。可是尽管如此，你却对绑架计划的动向一清二楚，就连要实施的日期、时间都分毫不差，尽在掌控之中。这意味着什么呢？

“这意味着有内鬼。你一定在石和那伙人当中安插了向自己提供信息的卧底。我也想过会不会是窃听，但白天还是一样无法收集信息，而且我也没听说你为了获取窃听的信号，晚上还去外面晃悠。我从你妈妈那里听说，今年暑假，你经常半夜还在和别人通电话。”

小佐内的唇边似乎浮现一丝微笑。这是对我的错误理解的嘲讽讥笑，还是对我找对方向的鼓励嘉许呢？我舔了舔嘴唇，继续往下说：

“我刚刚也说过，其实这也没什么好强调的，我是相信你的，而且也相信自己对你的了解。所以呢，结论就是——当你通过你的卧底，得知石和驰美正打算要加害你的时候，不可能只是做好防备，训练一个解救自己的人就算了。你一定会设计出一整套反击的计划，对不对？

“最后，当你真的被绑架，我和健吾把你解救出来之后，石和驰美会有什么样的下场呢？她被警察带走了。这次可不是收容管教就能了事的，首先她会被逮捕。毕竟她在警察面前拔出了刀，还造成一名高中男生受伤。虽然只是微不足道的轻伤，但伤人的事实不会改变。再加上，她有吸毒的前科，恐怕还会追究她吸毒的罪名。

“此外，最严重的还是绑架勒索这一条吧。持刀伤人虽然也不算小事，但和绑架勒索相比，就完全不是一个档次的罪名了，绝对不可能从轻发落。虽然不一定会被检察机关提起公诉，但不可能只是责其监护人管束，应该要在少管所关上一阵子了吧。

“这个结果，你应该满意了吧。最明显的，就是被解救出来的时候，你脸上的表情就像雨过天晴，刚完成了一件大事似的。可能你自己都没有意识到，倘若接下来要好好享受复仇乐趣时，你的表情才不是那样的。准备复仇时的你，会沉浸在更深沉的喜悦之中。

“那就是说……让石和驰美被当成绑架的主谋遭到逮捕、判刑，这才是你的最终目的……”

我的嘴角也忍不住微微上扬，笑了笑继续说：

“所以，整个绑架计划本身就是小佐内同学一手策划主导的吧。”

我观察着小佐内的表情变化继续说：

“你利用卧底把绑架小佐内由纪的计划渗透到石和团伙中，并掌握了行动的日期，安排好解救人质的人。之后石和驰美被警方逮捕，而你就心满意足，可以跑来‘赛茜利亚’点一杯夏季限定热带水果芭菲好好庆祝了。我没说错吧？”

小佐内同学，怎么样？

当着犯人的面说出自己的推理，确定推理对错与否——这样的瞬间不管经历多少次，我还是会忍不住屏息凝神地观察对方的反应。有的人会顿时方寸大乱，有的人会当场恼羞成怒，有的人甚至会痛哭流涕不能自已。也有过几次，对方撕心裂肺地冲我大喊：“你到底在胡说些什么啊？”而小佐内同学，会有什么样的反应呢？

“呼……”小佐内只是轻轻地叹了一口气，缓缓地拿起杯子抿了一小口红茶。她看着我的脸，然后微微一笑。

“这次，小鸠同学总算直接出手了，没打着什么‘小市民’的愚蠢旗号躲起来啊。”

“……”

“我还以为，只要让你搞定绑架案，你就会心满意足了呢。那封莫名其妙的邮件就像骗小朋友的糖果一样，是我的诱饵。我就知道，发过去的话你一定会上钩。可是，我本以为只要让你解读了邮件的含义，到现场把我解救出来，就能满足你。没想到……我真是想得太简单了。看来，我并不像小鸠同学相信我一样，那么相信你啊。”

她喃喃自语般说完之后，掏出了手机。

“要是换成其他人，绝对不会想到这些。我也一直觉得小鸠同学实在太厉害了。在寻根究底、深思熟虑这方面，我比你可差太远了。”

“那现在你是承认了？诱使石和驰美绑架你的人，就是你自己。”

我以为她一定会点头承认。

然而，她的脸上依旧带着一丝高深莫测的微笑，只是如蜻蜓点水般甩了一下头。

“咦？”

不对吗？

“可是，小鸠同学毕竟不是神仙呀。你突破了关键问题，已经直抵要害了……下面，我来给你介绍一位特别来宾吧。等一下啊。”

小佐内还是一副波澜不惊的样子，还从容地打起了电话。我只能坐在那里看她葫芦里卖什么药。她只对着手机说了一句话：

“好了，你进来吧。”

她刚放下电话，“赛茜利亚”的玻璃门就被推开了。

“欢迎光临！”

服务员元气满满的清脆嗓音，回响在空荡荡的店内。门口站着一个女生，身穿一条黑色牛仔裤和一件印着“NO RIGHTS”的标语衫。我心里暗想，这是什么意思？没权利？那女生的头发染成了很前卫的浅黄色，长相挺稳重的。她和我们年纪相仿……可是，印象中我并没有见过她。

那个女生径直走到我们的座位前面，轻轻地瞥了我一眼，又瞧了瞧我面前的芭菲杯。然后指着我，居高临下地对小佐内说道：

“你说的麻烦家伙，就是这小子？”

对着一个刚认识的人指手画脚，实在很没礼貌。

而小佐内的语气不知该说是变得很不客气，还是很事务性，她很直接地回答：

“没错。不过，我们已经把话说开了。”

“是吗？那就好。”

小佐内抬了抬食指，指着我说：

“介绍一下，这是我的朋友，小鸠同学。这次的计划给他带来了不少麻烦。”

然后她又看着我，简单地说了一句：

“小鸠同学，这位就是川俣同学。”

川俣？

她就是川俣早苗！她就是那个健吾想助其脱离石和驰美团伙的女生。她毫不犹豫地拒绝了健吾的帮助，却跟小佐内……我知道健吾和川俣、川俣和石和、石和和小佐内、小佐内和健吾之间都有交集，却没想到川俣早苗和小佐内之间居然是……

这两个人之所以认识，肯定不是巧合，我终于弄清这张人物关系图了。原来如此。原来整个案子是由小佐内、川俣早苗和石和驰美三人之间的关系所衍生出来的事件，不小心踏足其中的局外人，其实是堂岛健吾。

“啊，由纪，不要随便把我的名字告诉别人！”

川俣高声地抗议道。接着，她把手插进牛仔裤的口袋里，掏出一台小录音机。

“行吧，总之这个就交给你善后了。好，你记住，从今往后咱们就是陌生人，我们互不相识。”

“我明白。好吧，早苗，再见啦，保重哦。”

听完小佐内的祝福，川俣用鼻孔哼了一声，和端着水杯过来的服务员擦肩而过，大步流星地走出了“赛茜利亚”的店门。

我看着川俣留下来的那台录音机，又看看带着莫名笑意的小佐内。她也看了看那台录音机，又看了看我，耸了耸肩，不以为然地说：

“其实是这么一回事……”

3

“小鸠同学，让我来告诉你事情的经过吧……”

“等一下。”

我不由得大声喝止住她。案件出现了新的物证，所以我有必要从头梳理一下。一台小型录音机，那里面肯定有录音带。录音带，声音，录在录音带上的声音。整个案件有哪个地方出现过特殊的声音吗？跟声音有关的部分是……我仔细回想了一遍。对了，就是那里。这么明显的问题，我怎么会忽略了呢？只要有这个东西在那里的话，刚刚的推断——“小佐内是利用自己的卧底诱导石和驰美实施了绑架计划”就被推翻了！

我拼命地把纷乱的思绪重新组织起来。我几度以为已经厘清思路，发现了真相，可刚要开口又意识到了漏洞。看着急于探究真相的我，小佐内笑起来。

“等等，小鸠同学……我们又不是在下棋。”

“……”

“我们不是在下象棋、围棋或是陆战棋，也不是在玩文字解谜游戏或是苏格兰场的游戏。你干吗非要自己说明事情的真相不可呢？”

“小佐内同学……”

“事情已经结束了。不需要任何人再来解决什么！不过，也对，是我要你说点什么来听听的。所以如果你想说的话，我就洗耳恭听。不过，我先为小鸠同学整理几个要点吧。

“没错。就像小鸠同学说的那样，确实有卧底，否则我不可能在恰当的时间被她们抓走。川俣早苗就是这个卧底，她起到了决定性的作用。”

健吾和我说，川俣不肯听从他的建议和石和团伙划清界限，当时我就觉得事情有点蹊跷。因为，健吾说川俣让他“不要干扰她”。

我本来以为川俣只是嫌他“多管闲事”，可健吾说川俣是嫌他“干扰”了她。健吾到底做了什么，才干扰到她了呢？

当时，健吾只是让她和石和那伙人一刀两断。他的这个提议干扰了她。在他们二人谈过之后没多久，石和驰美等人就被警方逮捕了，整个团伙也跟着覆灭了。

难道是小佐内同学……

“难道是小佐内同学帮了川俣早苗吗？”

“帮她？不是，是她起了决定性的作用。其实，是早苗先跑来威胁我的，她告诉我石和她们一直视我为眼中钉，要趁着这个暑假把我抓起来，狠狠整我。

“初中时，我曾经帮过早苗一次。就像堂岛同学一样，帮她摆脱了石和的控制，脱离了那个嗑药团伙。结果，石和被送去收容管教，而早苗得以顺利地全身而退。

“但是，一年多的收容管教期满之后，石和开始到处搜查当初告密的人，早苗一看势头不对，便立马跑去向石和献媚，说自己不是那个告密的人。可是，她还是被石和怀疑了。于是，她就跑来威胁我，叫我再帮她一次，否则她就告诉石和等人当初其实都是我干的好事。

“我也知道，她们迟早会发现那件事情和我有关，因为当时我并没有仔细地做好善后工作。那时候的我，还是太嫩了。可以想象，要是被她们知道那件事情是我搞的鬼，石和会如何处置我。所以，我才叫早苗配合我演了一出好戏。”

小佐内把手从茶杯的把手抽出来，指了指桌上的录音机。

“小鸠同学，你应该已经猜到这里面是什么了吧。”

其实只要一句话就可以回答她的问题，我还是忍不住加上了多余的说明。我这毛病真是无药可救了，都到这一步，我还是不把问题厘清楚就无法如释重负。

我答道：

“我在南区体育馆看到一辆车。我猜小佐内同学就是被那辆轻型客货两用车带走的，因为后座上掉了一张棒棒糖的包装纸，而且副驾驶的位子上有一台疑似变声器的装置。当时，我由此判断，你一定是被关在这辆车上带过来的，除此之外并没有多想。

“但是现在回想起来，这件事情实在很奇怪。绑匪打电话过来索要赎金时，你妈妈说‘那个声音怪怪的，像是用了什么变声器’。也就是说，绑匪使用了变声器打电话。既然如此，变声器怎么会出现在副驾驶的位子上呢？肯定是要随身携带才能随时打电话呀。这种东西也没必要准备好几个吧。所以我应该更早地意识到，变声器会丢在车子里忘记拿走，是因为当石和她们把你押进体育馆之后，就不再需要这个东西了。

“对于石和她们来说，根本就不需要变声器这个玩意。也就是说，刚开始那通索要赎金的电话根本就不是石和她们打的。换句话说，石和驰美那伙人压根就没打算要以小佐内同学为人质来勒索。

“那么，打电话的人到底是谁呢？不是石和她们，当然也不可能是已经被绑架的小佐内同学……那就只有川俣早苗了。”

小佐内轻轻点了点头，伸手按下了播放键，录音机里传出一个变声后的低沉声音：

“是小佐内由纪家吧？不要出声，好好给我听着。不然，别怪我没跟你说清楚……你的宝贝女儿可干了不少好事，把我们害得够呛。现在她人在我们手里，要我把她放了也行，可是你得给我们准备点赔偿金。只要你们拿出五百万日元，我保证把她毫发无伤地送回去。听明白了吗？我会再打电话过来的。”

啪的一声，小佐内按下停止键，把录音机放到自己手边。

“这些台词都是我事先想好，然后把声音录了进去。”

“你为什么要这么做呢？”

“因为怕正式的时候太紧张，说了什么不该说的话就麻烦了……我用这个借口说服早苗同学照着稿子给我念了一遍。早苗同学真是太单纯了，居然就照我说的乖乖地录了这卷带子，还交回我手上。她要是肯再多动动脑子就好了。”

小佐内的语气，与其说是同情，还不是说是怜悯。对她这种冷漠的态度，我不知道从哪里来的冲动，居然回敬道：

“原来如此！原来你是先促使石和驰美绑架了自己，同时准备好解救的应对之策，利用‘小佐内精选甜品指南的夏季版’，把我当作了你的棋子。但是只是这样并不能让你满意。如果石和驰美只是以区区的限制人身自由的罪名被逮捕的话，并不能让你解气。

“于是，你录制了这卷绑架勒索的录音带，还将打电话的时间定在我正好也在场的时候。如此一来，石和的罪名就能再添一笔……她就不得不背负上一个更大的罪名——绑架勒索！”

我一阵头晕目眩。我目睹了小佐内的妈妈接听勒索电话的过程，所以便轻易地相信了这是一起绑架案。虽然我怀疑过小佐内对事情的起因和经过动了手脚，却从来没有怀疑过石和驰美她们绑架勒索小佐内的事实。

然而，石和她们根本没有绑架勒索小佐内。她们的确是把人抓走了，限制了人身自由，甚至还对她拳打脚踢，但是她们并没有绑架她。准确地说，她们并没有提出索要赎金的要求。像玩斗地主时，三张相同的牌如果再加上一张同样的牌，就会变成炸弹一样，小佐内就是要让她们罪上加罪，被处以更重的刑罚。

“绑架”小佐内的人，就是她自己。

小佐内没有一丝羞愧之情，也没有丝毫要逃避之感，更没有打算拒不承认之意。她的嘴角上扬，露出一对甜甜的酒窝，笑着说：

“没错。小鸠同学，你终于答对了！”

我用力地咬着下嘴唇，低下了头。虽然我的确对自己被蒙蔽了双眼感到十分懊恼，但更让我不安的是……

不知道小佐内是如何解读我此刻的沉默的，她突然用一种开朗少女的语气轻快地说：

“别担心，不会穿帮的。石和的团伙成员都是被她连逼带骗才加入的，所以彼此之间并没有信任可言。就连把我抓了之后，要怎么处置，她们都没能统一意见。当然，如果被逮捕后，她们都口径一致地坚称‘我们中根本没有任何人打过索要赎金的电话’，确实会有点麻烦，可是这样的事情根本就不可能发生。因为她们的脑海中都会浮现出团伙中某个人的身影，会暗想‘如果是那家伙，搞不好真的会背着我们偷偷地索要赎金’。为了达成这个目的，我早就利用早苗，让她在团伙中不断散布把我绑架之后也许能趁机捞上一笔的想法。

“而且，警方一旦展开调查，便会在北条驾驶的车里找到那个变声器。当然，那也是我让早苗事先拿到那里去的。对这个不知何时开始出现在车上的小玩意儿，石和她们很感兴趣，玩了好一阵子。玩腻了才随手扔在车上了。所以，那个变声器上已经沾上了石和她们所有人的指纹。

“石和她们应该都不知道那个变声器是谁的。所以她们一定会怀疑自己以外的每一个人，从而开始互相猜忌。就算这一切都穿帮了也没关系，因为我早已让早苗相信，整个计划都是她自己想出来的。更何况我手上还有……”

小佐内轻轻地摩挲着那台录音机。

“我还有这个啊……这卷早苗打电话勒索赎金的录音带。我只是遭到了早苗的胁迫而已，我才是那个可怜又无辜的受害者。”

小佐内在说这这些话的时候，带着掩藏不住的得意，就好像在对别人炫耀自己找到了超好吃的甜品时一样。我忍不住说道：

“小佐内同学，犯法和甜品可不一样。”

“咦……”

“更何况是栽赃陷害他人。”

没错。小佐内的计划如果顺利，就会让石和驰美她们因没有做过的事情付出代价。她们当然并非无罪，毕竟绑架小佐内的行为，出于她们自身的想法，她们已经触犯了法律。

但是，如果因为自己没做过的绑架勒索案被判刑，那就另当别论了……她们只是被人陷害，蒙冤入狱的。

“一直以来，小佐内同学时不时就会破坏我们的约定。你明明和我约好要努力成为一名小市民，却动不动就忘记自己的身份，想享受复仇的快感。当然，我并不是想因此责备你，毕竟我自己也和你差不多。

“可是，你这次已经越过了最基本的底线。毋庸置疑，轻易就被你煽动并且真的将绑架计划付诸行动的石和驰美等人也有错，可是怎么说呢……把莫须有的罪名栽赃到别人头上，是不行的。那是蒙骗欺诈！小佐内同学，你的能力常常令我刮目相看，可我万万没想到你会利用自己超常的观察力、行动力和深谋远虑去害人。”

我一激动，声音也不禁变得高亢起来。

“而且，你为了陷害别人还利用了川俣早苗和堂岛健吾，也利用了我，我们都成了助纣为虐的帮凶。你太过分了！我不知道你有多痛恨石和驰美等人，可是不管怎么美化，这都是一个恶劣的谎言……你这个骗子。”

小佐内眨了眨眼睛，像是被我的话打击了似的，露出如小兔子般彷徨无助的神色。她的眼神有些迷离，过了一会儿又定睛看着我，微微低下头。

“你说……我是骗子……”

“没错。”

她抬起头来，面对面直视着我。眼前的她，还是那个没有戴帽子，留着波波头的小姑娘。从初三那年夏天开始，就跟我形影不离的小佐内同学，我见过她高兴、生气和有所图谋的各种表情。

可是，她现在的表情，我却从来没有见过。她缓缓地将视线挪开，嘴边似乎还带着一丝冰冷的笑意，可是那笑容在我看来更像是带着几分落寞和疲惫。

4

“对，我就是一个大骗子！我对小鸠同学和堂岛同学都撒了谎！我和小鸠同学说好要一起成为小市民，我却破坏了彼此的约定。

“可是，小鸠同学不也是大骗子吗？你难道没意识到吗？对我穷追猛打，还拆穿我的真面目，你开心得不得了吧。展开了无懈可击的推理，得出了滴水不漏的证明，这时候的你神采奕奕，还说什么不想再推理了，根本就是骗人的！说什么要当‘小市民’，根本就是骗人的！”

“这个……”

我不是没意识到，只是我们不是说好不提这事了吗？正所谓江山易改，本性难移，所以我才要拼命纠正啊……

不对，其实我并非真的想纠正。相反的，我还挺乐在其中的。偷吃夏洛特蛋糕的时候、解读健吾的字条的时候，甚至连小佐内被绑架的时候……不用说，像现在这种你来我往的斗智，也让我流连忘返、难以自拔。

小佐内要说我骗人，我确实无言以对，难以辩驳。

她像是要把积累许久的情绪一股脑地倾泻出来似的，一气呵成地继续说道：

“这也是假的，那也是假的。一切都是假的。大家都以为我和小鸠同学在交往，可这是假的。在学校里，大家都说‘小佐内同学很乖啊’‘小鸠同学笑容可掬，为人和善’，可这些都是假的。我甚至连在家里都在编造着谎言。小鸠同学一定也一样吧。

“到处都充斥着谎言……我们还说你是‘狐狸’，我是‘狼’，但这一切也是假的。你看你，都已经被我骗成这样了，却还是没有搞清楚重点呢。

“如果我只是看不惯石和她们，可能就会像小鸠同学所说的那样，只要动动嘴就好了，未必要动真格。可是，为什么我最后选择了这样的方式呢？这点小鸠同学一点儿都不明白，也不打算弄明白。事实上，我根本就不想走到今天这一步。只要石和她们不是真的要对我动手，我根本就不会介意，我早就放弃煽动她们绑架我的计划了。毕竟，没有人会故意让自己陷入危险之中啊。你以为我真的只是为了报复，才有意选择被她们抓走，然后陷害她们的吗？”

夏日的阳光从窗口倾泻而下，照着她瘦小的身躯，她用手臂环抱着自己。

“其实我好害怕。不管我再怎么虚张声势，被打还是会痛啊。如果被烟头烫了，就会留下永久的疤痕。如果石和真的对我动手，我当然希望这种人能离我越远越好，能将这种人关得越久越好。一年也好，半年也罢，我只希望她能够从我身边消失，所以才把她变成了‘绑匪’。我不惜用我自己当诱饵，身陷险境，被削肉断骨。可是如果不这么做，我会更恐惧。如果说我的所作所为都是在骗人，那也是为了逃离那些可怕的人，而不得不说的谎话罢了……

“你说你以前都是相信我的，但是我直到现在都还相信你。你一定不明白我到底在害怕些什么。因为你虽然在逻辑推理方面很强，却不能与人感同身受……其实，你和我是一样的。

“你看吧，我的计划已经被拆穿了。如果我们两个根本就不是什么聪明的‘狐狸’或是‘狼’，如果我们立志成为‘小市民’的目标根本就只是一个谎言，那我们还剩下什么呢？你明白吗？”

我明明就不是什么“狐狸”，却一个劲儿地自以为自己是只“狐狸”，还扬言要成为一个“小市民”。如果这些都只是谎言……

那就好像棉花糖一样，不管借助多么甜美的谎言来虚张声势，实际上也只是一小撮白砂糖而已。

会剩下什么——这个我当然明白，小佐内同学。

“剩下的，只是两个傲娇的高中生罢了……”

小佐内的嘴唇缓缓地一张一合。

“小鸠同学，我们已经失去在一起的意义了。”

是不是我又想太多了呢，我怎么觉得小佐内的语气里虽然带着一丝悲怆的感觉，但这并非感情用事的呐喊，而是沉着冷静的总结。

她小心翼翼地把那个录音机拿在手里，像在对着它讲话一般，缓缓地接着说道：

“一直以来，我都有一个想法。我们的约定，是为了让对方能够顺利成为‘小市民’而相互助力。为了不被卷入麻烦之中，为了能够安稳地度过每一天，为了能够不让任何人再指着我们的鼻子说‘这家伙以前是怎样的人’而彼此帮助。我愿意掩护小鸠同学，小鸠同学也愿意成为我的保护伞……我一直认为，对于初中时代的我们来说，这个约定是必不可少的。事实上，可能也确实如此吧。

“但是，已经够了。在船户高中，所有人都只会认为我们是一对普通的情侣。我们在鹰羽中学读书时认识的那些人，在两年之后，也没有再多嘴多舌。

“更重要的是，我们立志要成为‘小市民’的目标本身就是一个天大的谎言。虽然口口声声嚷嚷着要当什么‘小市民’，可我们心里根本就不是这样想的。我们口口声声哀叹自己为什么当不好一个小市民，可是心里根本就没想过要演好小市民这个角色……只要我和你还在一起，我们的心态就会永远扭曲，你不觉得吗？”

我默默地点了点头。

“你说得对。其实我早就意识到这一点了。我和你在一起的时候，也就是我最像一个侦探的时候。如果没有任何题材可以让自己发挥，甚至还会自己制造题材……只能说，这是因为我太依赖小佐内同学了。”

“我也是，我太依赖你带给我的安全感了。其实就算是这样，也无所谓啊。如果我们真的找不出要成为小市民的意义，那就把它当成我们两个人之间的秘密，继续保持我们的傲慢吧。”

这样的想法太令人讨厌了。我和小佐内都觉得只有自己是特别的，却不能在周围的人面前表现出来，只能平平淡淡地过着普通的高中生活……虽然我们现在的状况差不多就是这样。可是，如果现在这样的状态可以让我们很快乐很满足，那是不是不这样的话也可以让我们感到快乐满足呢？可问题是……

“问题是，小佐内同学，我们不就是因为这样才要在一起的吗？”

“没错，我们之所以会走到一起，只不过是为了互相配合，给彼此方便罢了。今年暑假，小鸠同学虽然对我的邀约有诸多疑问，却还是很配合地陪着我到处去吃甜品。因为要遵守这个约定，你愿意跟着我到处跑。因为想知道我在算计什么，你一路跟着我走过来了。你明明就不喜欢吃甜品的啊！”

那是因为我们之间的关系是互惠互利，而不是相互依存。

“的确，当我在你身边的时候，总是会怀疑你脑子里到底在想些什么。不过因为可供分析的线索太少了，所以当我怀疑你不是单纯想吃甜品的时候，内心真的挺痛苦的！”

“我也是。虽然我很高兴小鸠同学可以什么都不问，就默默地跟着我。然而，在这之后，我却因为不知道该怎么做才能让你熟知那张地图，感到烦恼不已……在这件事上，其实我也挺痛苦的！”

我们都陷入了沉默。

我反复思考着小佐内的提议。我们的“小市民”口号真的就这样功成身退了吗？

我不敢妄下断言。我怕自己稍微松懈，我们又会马上走上以前的老路。光是想象那样的情形，就让我痛苦不已。所以事情并不像小佐内所说的那样，我们找不到成为“小市民”的意义。

难道是我为了弥补自制力的不足，为了避开自制力受到考验的状况，因此拿出“有小佐内同学在”的策略已经出现了瓶颈？

这个可能性很大。如果我是因为有她在身边，才会毫无顾忌地去解谜。那么她很可能也是因为有我在身边，才会有“以牙还牙，加倍奉还”的思考模式。如果真的是这样，我们在一起的结果，不就和我们的初衷南辕北辙了吗？

其实我早就注意到了。

虽然我和小佐内同学的意见并不完全一致，但我们的结论，倒是挺接近的。

“我并不觉得我们在一起是没有意义的。”

小佐内倒吸了一口气。但我没有理会她，仍然继续往下说：

“只是从结果来看的话，可能不尽如人意。当然，小佐内同学的说法似乎也有点道理。”

她轻轻叹了一口气，摇了摇头。

“我就知道你会这么说。”

“我也只能这么说。”

“不是的，我不是指你回答的内容，而是指你选择的方式。小鸠同学，我现在正在跟你谈分手呢。如果‘分手’听起来太像情侣之间才会用的词汇，那就当我是要跟你解除合作关系好了。你应该明白吧，其实这件事情已经困扰我很久了，可是为何我直到今天才说出这番话……”

这还用说吗？动动脚指头都知道为什么。

“因为在石和驰美的事情还没有解决之前，你都不可能和我一刀两断。”

“没错。你不觉得我这样做很自私吗？你刚才明明还那么生气，怪我不该陷害她们。”

“石和那件事根本就是违反游戏规则的，我会生气也是理所当然吧。但是，对于小佐内同学利用我，我根本就没有任何理由生气。”

我一边回答，一边迅速地让自己冷静下来。

这明明不是需要冷静的场合，小佐内却格外冷静。她那张像小学生一样的脸上，浮现出一丝冰冷的微笑。

“你看吧！就算是我自作主张地提出分手，我们还是无法像普通情侣那样大吵一架。我们只会判断这样做是对的吗，这么做是最好的方法吗？我们只会思考，不会生气，也不会悲伤。也许，只要跟小鸠同学在一起，就算一直这样下去也无所谓……可是我们不可能永远在一起。今天，我终于可以把我从初中就遗留下来的这个作业做完了。我想，这次或许就是最好的机会了。”

她也没有说错。

我和她会走到一起，本来就只是一个权宜之计。

我来做结论吧。

“小佐内同学想说的话，我已经明白了……那我们就各走各的吧！”

如果要用语言把小佐内听到这句话之后的反应描述出来，实在有点困难。

她闭上了眼睛，然后又睁开，一滴泪从她的眼角滑落。明明是她提出了一个合理的提议，而我在反复研究后接受了她的提议。明明没有什么事情值得难过的，但是不知为何，小佐内却说了这样一句话：

“对不起，小鸠同学……”

5

之后，只剩下我独自坐在“赛茜利亚”。

小佐内同学已经离开，至少这个暑假我们都不会再见面了。下学期开始之后，我们就会回到普通的同学关系。

我独自一人也可以成为小市民，小佐内同学并非不可取代的存在。在这个世界上，本来就没有任何人是不可替代的吧。

只是，我还是觉得她有点过分。她的身高就跟小学生一样，又长了一张娃娃脸，看电影甚至还可以买半票，可是她明明就是一个十六岁的高中女生啊。

她在转身离去之际，背对着我说：

“可是呢，跟小鸠同学一起到处去吃甜品的时候……那种快乐，真的很难忘啊。”

这句话实在太多余了！说了只会徒增伤悲。小佐内同学，既然你要当一个骗子，就应该像诈骗集团一样，把所有不利于自己的事情都一直掩饰到最后一刻才对！

这点我可比你强多了。因为我并没有把“我也是”三个字说出口。

事件结束，幕布落下，演员们都纷纷退场。只剩下小鸠常悟朗、西斜的夏日残阳，以及半杯夏季限定热带水果芭菲。我把长长的冰激凌勺插入杯底搅了两下，勺起已经融化成淡粉色液体的冰激凌或是奶油，放入口中。

“啊！”

好恐怖的味道。

甜到腻，直齁嗓子，我受不了了。我的胃突然一阵痉挛，胸口也透不过气。我赶紧用纸巾捂住嘴巴，咬紧牙关，拼命忍着不让自己吐出来。

这味道太可怕了，简直是生化武器！

从那一天开始，我再也不敢吃芭菲了。

石和驰美果然被送进了少管所，具体的罪名并没有对外公布。至于小佐内由纪被绑架的案件，倒是在本地报纸的社会版上占了一块小小的版面。报道将这件事情描述为“一群不良少女因纠纷绑架了其中一名成员”，对于被写成“不良少女之一”的小佐内有何感想，我已经无从得知了。堂岛健吾也不再隐瞒自己和川俣佳澄的关系，两人公开交往了。

而我呢，从那之后，每当在咖啡馆的餐牌上看到芭菲的图片，就会想起种种往事，那些无限甜蜜的回忆会排山倒海地涌上心头，灼痛我的心。于是，从那天开始，我就再也不敢吃芭菲了。

图书在版编目（CIP）数据

夏季限定热带水果芭菲事件 /（日）米泽穗信著；王兰译. -- 北京：新星出版社, 2019.9（2025.5重印）

ISBN 978-7-5133-3635-2

Ⅰ.①夏… Ⅱ.①米… ②王… Ⅲ.①推理小说－日本－现代 Ⅳ.①I313.45

中国版本图书馆CIP数据核字（2019）第161688号

本书为引进版图书，为最大限度保留原作特色，尊重原作者写作习惯，酌情保留了部分外来词汇。特此说明。

夏季限定热带水果芭菲事件

［日］米泽穗信 著；王兰 译

责任编辑：汪　欣
特约编辑：黄嘉丽
责任印制：李珊珊
装帧设计：陈慧颖　杨　玮

出版发行：新星出版社
出 版 人：马汝军
社　　址：北京市西城区车公庄大街丙 3 号楼　100044
网　　址：www.newstarpress.com
电　　话：010-88310888
传　　真：010-65270449
法律顾问：北京市岳成律师事务所

读者服务：010-88310811　service@newstarpress.com
邮购地址：北京市西城区车公庄大街丙 3 号楼　100044

印　　刷：凸版艺彩（东莞）印刷有限公司
开　　本：890mm × 1240mm　1/32
印　　张：6.25
字　　数：135千字
版　　次：2019年9月第一版　2025年5月第四次印刷
书　　号：ISBN 978-7-5133-3635-2
定　　价：39.00元